KB220826

나는 박완서다

1판 1쇄 인쇄 | 2024년 10월 21일
1판 1쇄 발행 | 2024년 10월 28일

지 은 이 | 이경식
펴 낸 이 | 천봉재
펴 낸 곳 | 일송북

주   소 | 서울시 성북구 성북로 4길 27-19
전   화 | 02-2299-1290~1
팩   스 | 02-2299-1292
이 메 일 | minato3@hanmail.net
홈페이지 | www.ilsongbook.com
등   록 | 1998. 8. 13(제 303-3030000251002006000049호)

ⓒ이경식 2024
ISBN 978-89-5732-348-9(03800)
값 14,800원

※ 잘못된 책은 구입처에서 교환해 드립니다.

현대

대한민국 현대사 격랑 속에서 소설이 된 사람

나는 박완서다

이경식 지음

알준북

증오는 사랑과 연민이 되고, 나는 결국 소설이 되었다

"나의 인생과 소설에 담긴 역사를 바라봐주면 좋겠다. 내 안의 '양반 의식', '아줌마 정신', '빨갱이 트라우마'를 온전히 바라봐주면 좋겠다. 그렇게 나를 기억해주면 좋겠다."

- 박완서가 독자에게 -

한국을 만든 인물 500인을 선정하면서

일송북은 한국을 만든 인물 5백 명에 관한 책들(5백 권)의 출간을 기획하여 차례대로 펴내고 있습니다. 이는 긍정적이든 부정적이든 우리 역사에 뚜렷한 족적을 남긴 인물들의 시대와 사회를 살아가는 삶을 들여다보고 반성하며, 지금 우리 시대와 각자의 삶을 더욱 바람직하게 이끌기 위해서입니다. 아울러 한국인의 정체성은 무엇인가를 폭넓고 심도 있게 탐구하는, 출판 사상 최고·최대의 한국 대표 인물 콘텐츠의 보고(寶庫)가 될 것입니다.

한국 인물 500인의 제목은 「나는 누구다」로 통일했습니다. '누구'에는 한 인물의 이름이 들어갑니다. 한 인물의 삶과 시대의 정수를 독자 여러분께 인상적·효율적으로 전할 것입니다. 무엇보다 지금 왜 이 인물을 읽어야 하는가에 충분히 답해 나갈 것입니다.

이번 한국 인물 500인 선정을 위해 일송북에서는 역사, 사회, 문화, 정치, 경제, 국방, 언론, 출판 등 각 분야의 전문가들로 선정위원회를 구성했습니다. 선정위원회에서는 단군시대 너머의 신화와 전설쯤으로 전해오는 아득한 상고대부터, 아직도 우리 기억에 생생한 20세기 최근세까지의 인물들과 그 시대들에 정통한 필자를 선정하고 있습니다.

우리는 지금 최첨단 문명시대를 살고 있습니다. 인터넷으로 실시간 글로벌시대를 살고 있으며 인공지능 AI의 급속한 발달로 인간의 정체성마저 흔들리고 있음을 절감하고 있습니다.

이러한 때일수록 인간의, 한국인의 정체성이 더욱 절실히 요구되고 있습니다. 그 정체성은 개인과 나라의 편협한 개인주의나 국수주의는 물론 아닐 것입니다. 보수와 진보 성향을 아우르는 한국 인물 500인은 해당 인물의 육성으로 인간 개인의 생생한 정체성은 물론 세계와 첨단 문명시대에서도 끈질기게 이끌어나갈 반만년 한국인의 정체성, 그 본질과 뚝심을 들려줄 것입니다.

차 례

4장. 나는 중산층이다

5장. 나는 소설이다

에필로그 ·· 220

책을 마치며 ·· 225

프롤로그

    내가 죽은 게 2011년 1월이니까, 벌써 13년하고도 절반이나 되는 세월이 훌쩍 지났다.

    돌이켜보면 내 팔십 년 생애에는 재미있는 일과 속상한 일이 늘 따라다녔다. 내 생애의 마지막 1년이던 2010년에도 그랬다. 그해에 가장 신나고 재미있던 일을 꼽자면 단연 김연아다. 스무 살의 곱디고운 연아가 올림픽에서 금메달을 따고 시상대에서 활짝 웃으며 좋아하는 모습을 텔레비전으로 바라보면서 얼마나 좋아했던지 모른다. 소파에 앉아 있다가 경중경중 뛰면서 물개박수를 보냈으니까 말이다. 연아는 내 손녀 또래였지만, 그때 나는 연아의 얼굴에서 60년 전 스무 살이던 나를 떠올렸다.

일제강점기이던 1931년에 태어났던 나는 우리 나이로 스무 살이던 1950년에 서울대학교 문리대에 합격했다. 결혼해서 갓난아이 하나를 두고 있던 오빠와 나를 삯바느질로 키운 어머니가 보시기에 그리고 오빠와 올케언니가 보기에, 또 지금은 이북의 황해도 개성인 경기도 개풍군 묵송리 박절골 고향에서 나를 아끼던 할아버지와 할머니에 숙부님들 그리고 숙모님들이 보시기에, 그리고 또 내 자신이 봐도 나는 자랑스러웠다.

그러나 입학식을 하고 얼마 지나지 않아서 6·25가 터졌다. (그해는 신학년의 시작이 지금처럼 3월이 아니라 6월이었다.) 피난민들이 짐을 바리바리 이고 또 지고서 우리 학교가 있던 혜화동을 지나갔다. 동두천에서 왔다는 사람들도 있었고 의정부에서 왔다는 사람들도 있었는데, 그때만 하더라도 우리는 그 전쟁이라는 것을 대수롭지 않게 여겼다. 북한의 인민군은 국군의 총반격으로 퇴각하고 있고 국군은 점심은 평양에서 먹고 저녁은 신의주에서 먹을 것이니 아무 걱정하지 말라던 이승만 대통령의 라디오 방송을 곧이곧대로 믿었다. 그랬기에 우리는 포성이 들리는 가운데 강의를 들었다. 그러나 포성은 점점 가까워지고 사나워졌다. 그러더니 결국 인민군이 서울을 접수했다. 알고 보니 이승만 대통령은 어느새 한강 다리를 폭파하고 남쪽으로 멀리 도망친 뒤였고, 그 라디오 방송도 미리 녹음해둔 것이었다. 그런 사실을 처음 알았을 때는 얼마나 분하고 치가 떨렸는지 모른다.

　그 전쟁이 내 인생의 많은 것을 부숴버렸다. 그 아름답던 신록의 유월에, 예쁘던 꽃잎들이 땅에 떨어져 빛을 잃고 거무튀튀한 흙먼지가 되어 뒹굴던 그 유월에 내가 누리던 그 모든 아름다운 것이 부서졌다. 나와는 열 살 차이가 나던 오빠가 좌익과 우익 사이의 이데올로기 싸움 속에서 총상을 입고는 시름시름 말라죽듯이 죽었고, 그렇게 씩씩하고 용감하던 어머니조차 외아들의 죽음에 정신을 놓아버렸다. 어린 조카와 전쟁통에 태어난 또 한 명의 조카, 거기에 올케언니까지 그 대가족을 모두 내가 부양해야 했다. 대학생이 되어서 내 인생의 화려한 2막이 시작

될 것이라는 기대는 그렇게 산산조각이 나버렸다. 스무 살의 내 청춘은 죽음과 결핍의 공포로 뒤범벅되고 말았다. 참으로 참혹했다. 어떤 대담 자리에서 나는 당시를 회상하면서 다음과 같이 말했었다.

6·25는 내 운명을 완전히 바꾸어놓았어요. 학업을 잇지도 못하게 했고 내가 꿈꾸었던 것과는 전혀 다른 인생을 살게 했죠. 전쟁 때문에 다 망쳐버렸다는 생각을 가끔 했어요. 한 치 앞을 내다볼 수 없는 운명에 놓인다는 것은 폭정에 시달리는 것보다 더 굴욕적인 것이지요. (…) 오빠가 죽고 빨갱이로 몰리고 수모와 굴욕을 당하고 밑바닥까지 가는 가난을 겪을 때 나는 이 전쟁을 용서할 수 없다는 생각을 했습니다. (＊「바스러지는 것들에 대한 연민」, 『우리가 참 아끼던 사람』)

그런데 그로부터 60년 세월이 지난 2010년에 평화롭고 아름다운 시절을 살면서 자기 꿈을 마음껏 펼치는 곱디고운 연아의 얼굴을 바라보면서 주책스럽게도 오래전의 그 참혹하고도 끔찍하던 시절, 뒤엉킨 사체들의 역겨움과 죽음의 공포를 코앞에 두고서 증오와 분노를 삶의 동력으로 삼아야 했던 그 끔찍하던 스무 살 시절의 내 얼굴을 떠올리다니…. 아마도 빼앗겨버린 청춘과 가보지 않은 길에 대한 아쉬움 때문이었으리라. '그때 내 얼굴도 연아처럼 그렇게 고울 수 있었을 텐데…'라고 생각하면서 말이다.

내 생애의 마지막 1년이던 그 2010년에도 속상한 일은 여전히 일어났다. 3월에 이른바 천안함 사건이 터졌다. 백령도 부근의 해상에서 해군 초계함인 천안함이 침몰해서 전체 승조원 가운데 절반쯤인 46명이 사망한 사건이 발생한 것이다. 당국의 발표로는 북한 잠수정이 어뢰를 쏘아서 격침되었다고 했다. 그리고 11월에도 북한은 연평도에 포격 도발을 해서 군인과 민간인 각각 두 명이 사망하는 일도 벌어졌다. 이렇게 해서 2000년에 김대중 대통령과 김정일 국방위원장 사이에 있었던 최초의 남북정상회담이 개최된 지 10년 만에 남북 관계는 다시 예전처럼 얼어붙었고, 설마 하는 마음으로 가슴을 졸였는데 결국 남과 북은 다시 서로 총구를 들이대고 눈을 부라렸다. 그렇게 해서 결국 내가 어린 시절을 보냈던 황해도 개성 근처의 시골이던 내 고향 박적골의 그 산과 들을 죽기 전에 볼 수 있을지도 모른다는 기대는 산산이 부서지고 말았다. 얼마나 안타깝던지….

그리고 나는 2022년 1월에 죽었고, 그로부터 13년도 더 지난 지금은 자서전을 쓰고 있다.

* * *

정확하게 말하면 이 책은 자서전이라기보다는 내가 쓰는 나의 평전이다.

자서전은 말 그대로 자기가 쓰는 자기의 전기이며, 보통 일생을 시간순으로 기술하는 방식을 취한다. 그런데 평전은 해당 인물이 살았던 인생의 시간적인 순서와 상관없이 그 개인의 본질을 잘 드러내는 특정한 주제나 사건을 설정하고 여기에 대해서 필자가 논평을 덧붙이는 글이다. 그러니까 내가 나의 평전을 쓰겠다는 것은 내 인생에 대해서 내가 논평을 덧붙이겠다는 말이다.

나는 한국전쟁의 와중에서 뒤엉킨 사체들의 역겨움과

죽음 그리고 이념 투쟁의 공포를 코앞에 두고서 살아야
했다. 그런데 다행히 그런 나를 이해하고 나의 모든 것을
사랑해준 남자가 있었다. 나는 나를 괴롭히던 그 모든 것
에서 자유로워지고 싶었다. 그래서 그 남자의 청혼을 받
아들여서 결혼했다. 아직 전쟁이 끝나지 않았던 1953년 4
월이었고, 내 나이는 스물두 살이었다.

그 뒤로 나는 딸 넷과 아들 하나를 낳아서 키우며 중산
층의 가정주부로 살았고, 나는 마흔 살이던 1971년에 『나
목』이 장편소설 공모에 당선되면서 작가로 데뷔했다. 그
끔찍하던 시절에 주문처럼 외우면서 고통을 참았던 자기
위안의 예언이 마침내 실현된 것이다.

오빠가 죽고 빨갱이로 몰리고 수모와 굴욕을 당하고 밑바
닥까지 가는 가난을 겪을 때 나는 이 전쟁을 용서할 수 없다는
생각을 했습니다. 그리고 어쩔 수 없이 당하는 것들, 이길 수 없
는 현실을 언젠가는 소설로 갚아줄 수도 있다고 생각한 적도 있
었지요. 그것은 그런 수모와 굴욕 속에서 최소한 자존심을 구
하기 위한 자위행위이기도 했습니다. (*「바스러지는 것들에 대

한 연민, 『우리가 참 아끼던 사람』. 강조는 필자)

    그리고 그 뒤로 2011년 1월에 병상에서 죽음을 맞이할 때까지 꼬박 40년 동안 쉬지 않고 글을 썼다. 그렇게 해서 발표한 장편소설이 15편이고 단편소설이 100여 편이며, 그리고 짧은 소설이라고 할 수 있는 꽁트를 비롯해서 산문과 동화는 660편이 넘는다. 사실 나는 담낭암 선고를 받고 투병 생활을 한, 내 생애의 마지막 석 달 동안에도 글쓰기를 멈추지 않았다. 심지어 죽기 이틀 전에도 나는 일기를 썼다. 글이라면 참 많이도 썼다. (*작가와 작품의 연보는 『프롤로그-에필로그-박완서의 모든 책』(작가정신)에 특히 자세하게 정리되어 있다)

    그런데 그것도 모자라서 죽은 지 13년이나 지난 뒤에 느닷없이 자서전도 아니고 자평전까지 쓰겠다고 나서는 내 모습이, 아무리 글 욕심이라고 해도 욕심이 지나쳐 보일지 모른다. 하지만 그래도 어쨌거나, 내가 썼던 모든 글이 다 그랬듯이 이 책에도 그럴만한 이유 혹은 목적이라고 할 만한 게 있다.

그것을 한마디로 말하면, 내가 살았던 인생이 의미 있고 소중했음을 증명하고 싶어서 그렇다. 나에게뿐만 아니라, 나와 동시대를 살았던 사람들 그리고 그들의 자식 세대와 그다음 세대 사람들에게 또 내가 죽은 뒤에 태어나고 살아갈 사람들에게도, 내가 살았던 인생이 소중했음을 증언하고 싶어서 그렇다, 평생 그래왔듯이….

그런데 누군가는 이렇게 말한다.

"그래, 그때는 다들 어렵고 힘들었겠죠. 6·25전쟁, 새마을운동, 민주화운동…. 책에서도 보고 영화에서도 봤습니다, 까마득한 옛날 이야기… 그런데, 그래서 어쩌라고요? 그때는 그때고 지금은 지금인데, 그 사이에 세상이 얼마나 많이 바뀌었는데…."

6·25전쟁을 이야기하고 가난과 부끄러움을 이야기할 때마다 노인네가 옛날 이야기를 지겹게도 우려먹는다며 쑤군대는 소리가 언제부터인가 등 뒤에서 들리기 시작했다. 또, 이것보다는 듣기 좋은 말인데, 여성해방 문학의 작가로 페미니즘 문학의 지평을 열었다느니, 소시민의 허위의식을 파헤쳤다느니, 천의무봉(天衣無縫)의 구어체 문

체로 진정한 이야기꾼의 한국적인 전통을 이었다느니 하는 칭찬도 들었다.

하지만 애초에 나는 이런 칭찬을 듣고자 한 게 아니었다. 게다가 이런 칭찬은, 비록 이런 칭찬을 하는 사람들의 선의와 진심을 의심하는 건 결코 아니지만, 그때나 지금이나 나에게는 그다지 소중하지도 않다. 내가 소설을 쓰고 산문을 쓰며 또 작가라는 이름으로 사람들을 만나면서 하고 싶었고 또 듣고 싶었던 이야기는 그런 게 아니었기 때문이다.

내가 하고 싶었던 이야기는 가족의 일원으로 또 사회라는 공동체의 일원으로 당연히 가져야 하는 어떤 도덕적인 덕목에 관한 것들이다. 그 덕목은 규율일 수도 있고 책임감일 수도 있다. 가족이든 친구든 동료든 내가 사랑하는 사람들과 행복하고 아름다운 시간을 보내기 위해서 노력하는 것이기도 하고, 그 시간을 아름답게 기억하고 소중하게 즐기는 것이기도 하다.

내 경우와 비교할 수 있는 사례로 18세기를 살았던 이탈리아의 자유인 지아코모 지롤라모 카사노바를 보자.

일생을 자유주의자로서 살면서 봉건의 굴레와 관습에 정면으로 맞섰던 카사노바는 예순 살이 넘어서 자서전을 쓰면서 "내가 했던 모험담에 나 자신이 즐거워하고, 나에게 변함없는 우정을 베풀었고 함께 어울렸던 수많은 사람을 내가 쓴 이야기로 즐겁게 하고 그들에게 웃음을 선사하는 것"이라고 서문에서 밝혔다. 그러면서 "내가 탐닉했던 즐거움들을 회상하면서, 나는 그 즐거움들을 상상 속에서 다시 체험한다. 게다가 그 즐거움을 위해 견뎌야 했던, 그러나 지금은 전혀 느껴지지 않는 고통을 바라보며 웃을 수 있으니 이보다 더 좋을 순 없다."라고 했다. 또 자기는 자기가 평생 했던 모든 선하고 악한 일에 대해서 응당 받아야 할 칭찬과 꾸지람을 다 받았으니 굳이 따로 더 보태거나 반성할 것도 없다고도 했다. 과연 일생을 자유인으로, 자유로운 개인주의자로 살았던 사람답다. (*카사노바, 『불멸의 유혹』)

카사노바의 이런 자신만만한 면이 신기하기도 하고 어쩐지 부럽기도 하다. 나도 그렇게 살았으면 어땠을까 하는 생각을 잠깐 해본다.

'그랬다면 내가 겪었던 그 많은 아픔과 슬픔이 조금은 덜 아프고 덜 슬펐겠지….'

하지만 거기까지다. 나는 카사노바가 가지지 않았던 것을 가지고 있었기 때문이다. 나의 가족, 내가 속한 공동체, 함께 수다를 떨고 장을 보고 또 꽃 구경을 하는 친구들, 전철에서 또 버스에서 어깨를 부딪고 나에게 자리를 양보할 사람들, 또 나에게 자리를 양보받을 사람들…. 카사노바는 혼자 세상에 맞섰지만, 나는 혼자가 아니었고 혼자가 되고 싶지도 않았다. 나에게는 카사노바가 추구했던 자유로움보다 내 가족의 생존과 내가 속한 사회의 건강함이 더 소중했기 때문이다.

어떤 글에서였던지 혹은 인터뷰였던지 기억나지 않지만, 나는 자유로운 개인주의자 혹은 소박한 개인주의자가 되고 싶다고 말했다. 투사나 혁명가가 되겠다는 생각은 조금도 해본 적이 없다. 그저 '소박하게' 잠깐의 일탈을 꿈꾸기만 했을 뿐이다. 나는 누군가의 엄마이자 아내였고, 동네 주민이었기 때문이다. 대한민국의 현대사에서, 일제강점기에서부터 김연아가 올림픽 금메달을 따던 시기에 이르기까지 각자 자기 가족을 힘겹게 건사하고 지탱하면서 우리 사회를 유지하는 커다란 한 축이었던 '아줌마'였기 때문이다.

내가 어쩌다가 그렇게 살게 되었는지, 또 어쩌다가 내 소설이 그런 가치를 담게 되었는지, 또 나의 그런 삶과 소설이 과연 어떤 점에서 얼마나 가치가 있는지 이 책에서 따져보고자 한다. 무엇이 나를 지탱했는지, 또 내가 바라고 기대했던 것의 본질이 무엇이었던지…. 평면적일 수밖에 없는 자서전 형식보다는 입체적으로 접근할 수 있는 평전 형식으로 이 책을 쓰겠다고 한 것도 그런 점들을 따져보기도 하고 지적하기도 하겠다는 요량이었기 때문이다.

시간이 지난 뒤에 돌아보면 그때는 보이지 않던 것이 보이고 그때는 미처 알지 못했던 것을 저절로 깨닫기도 한다. 어쩌면, 죽고 나서 벌써 제법 긴 세월이 흘렀기에 예전에는 미처 보지 못했던 진실들이 새삼스럽게 눈에 보일지도 모른다. 언젠가 어느 산문에서 썼듯이, 흘러가는 시간이야말로 어려운 문제들이 저절로 풀리게 만들어주는 신의 또 다른 이름이니까 말이다.

* * *

그리고 혹시 독자가 이 책을 이해하는 데 조금이라도 도움이 될까 싶어서 한 마디 덧붙이자면, 1장은 서장인 셈이고, 2장은 총론인 셈이며, 그 뒤로 3장부터 5장은 각론인 셈이다. 굳이 따지자면 그렇다는 말이니까 굳이 따지지 않고 순서와 상관없이 눈에 밟히는 대로 읽어도 상관없다.

1장

나는
양반이다

나는 일제강점기에 태어났으면서도 여전히 조선시대를 살고 있었다.

할아버지는 가난한 살림이었지만 양반이라는 자부심만큼은 당신의 상투만큼이나 꼿꼿했고, 남녀유별(男女有別)이라는 유교 철칙을 내세워서 집안의 여자들이 송도(개성) 출입을 하지 못하게 했을 뿐만 아니라 논이나 밭에도 내보내지 않으셨다. 그러나 언젠가 할머니는 양반이 뭐냐는 물음에 픽 웃으면서 "개를 팔아도 두 냥 반이란다."라고 대답하셨다. 개를 팔아도 두 냥 반을 받는데 양반의 값어치는 한 냥 반밖에 되지 않을 정도로 형편없다는 뜻이었다. 나도 그런 줄로만 알았다.

하지만 돌이켜보면 바로 그 양반 의식이 내가 썼던 모든 글에서 동력의 중요한 한 축이 아니었을까 싶다. 유년 시절에 내 의식으로 들어왔던 그 양반의식은 세월이 흐르면서 어딘가로 사라져버린 게 아니었다. 내 의식 속에 녹아서 내 정신의 구석구석에 스며들어 있다가 나중에 내 글에서 되살아났다.

상투를 포기하지 않았던 할아버지

나는 1931년에 태어났다. 아버지는 박영노, 어머니는 홍기숙이다.

내가 태어난 곳은 개성에서 남쪽으로 이십여 리 떨어진 곳으로 개풍군 청교면 묵송리 박적골이라는 산골이었다. 개성에서 우리 마을까지 가려면 고개를 네 개나 넘어야 했다. 개성은 지금은 황해도이지만 그때만 하더라도 경기도였다. 개풍 지방 일대는 조선시대부터 분단 직전까지 오랫동안 인삼의 주산지와 상업의 중심지로 독자적인 번영과 독특한 문화를 누려왔었다. 「아물지 않은 상흔」이라는 산문에서도 썼지만, 개성 사람의 기질에는 특이한데가 있다. 개성 사람이 앉은 자리에는 풀도 나지 않는다든가 개성 사람은 얼어 죽어도 곁불은 안 쬔다든가 하는 말이 있는데, 그만큼 개성 사람은 그만큼 독립심이 강하고 줏대가 있고 배타적이고 이악스러웠다. 그랬기에 그 지독한 일본 사람도 개성에선 변변히 발을 붙이질 못했다. 아, 그리고 보니 그때만 하더라도 사람들은 개성을 개성이라고 부르지 않고 송도라고 불렀다.

그런데 우리 집안은 몇 대째 개성 근교에 살면서 인삼 농사도 장사도 하지 않고 오로지 벼슬에만 연연해온 좀 치사한 별종의 집안이었다. 고상하게 말하자면, 가난하지만 학문에 힘쓰고 체면을 중시하는 선비 집안이었다. 내가 기억하는 할아버지는 그때까지도 상투를 틀고 계셨고, 바깥나들이를 할 때면 갓을 쓰고 삼복더위에도 두루마기 차림으로 나섰다. 어느 산문에서 나는 그때의 기억을 다음과 같이 떠올렸다.

내가 중학교 2학년 때 종전이 되고, 우리나라는 일본으로부터 해방이 되었다. 그러니까. 나는 일제시대에 태어난 셈인데도 갑자기 그 시대가 덮친 것처럼 그 이질감을 생생하게 기억하고 있다. 그건 나의 특이한 성장 배경 때문일 것이다. (…) 우리 집은 특별한 지위를 누렸는데 양반 신분 때문이었고 서울 사람 행세 때문이었다. 개화기에 반상의 차별은 공식적으로 철폐되었지만 우리 의식이나 풍속에는 엄연히 존재했고, 특히 농촌은 더했다. 할아버지가 길을 지나가면 동네 사람들은 비켜서서 고개를 숙이고 다 지나가실 때까지 기다리는 걸 어려서부터 보아왔다. 일제시대였다고는 하나 일본 사람은커녕 양복 입은 사람도 못 보고 자랐다. (*「내 소설 속의 식민지시대」)

　내 기억의 일제강점기는 그저 조선시대일 뿐이었다. 아닌 게 아니라 그때는 지게를 진 어른이 좁은 길을 가다가 어린아이이던 나와 마주쳐도 고개를 숙이며 내가 지나가도록 길을 비켜줬으니까 말이다. 내가 양반집의 딸이라는 이유 하나만으로.

　돌이켜보면, "가난하지만 학문에 힘쓰고 체면을 중시하는 선비 집안"이라는 표현도 그렇지만, 나는 소설이나 산문에서 어린 시절을 회상하면서 우리 집이 가난했다고 썼다. 그러나 요즘의 살림살이와 비교하면 형편없이 가난하긴 했지만 당시의 일반적인 수준으로 보자면 결코 가난하지 않았다. 다른 집에서는 여자들이 그릇도 없이 바가지에다 그냥 밥을 퍼서 먹었지만, 그래도 우리 집에서는 여자들이라도 모두 사기그릇에다 밥을 먹었다. 게다가 나의 아버지나 그 아래의 숙부 두 분은 모두 어느 정도의 신식 교육을 받았으니 이는 우리 집이 그만큼 경제적으로 여유가 있었다는 것을 의미한다.

그때 그 시골에서 우리 집이 누렸던 경제적인 여유의 원천은 농지를 빌려주고 받는 소작료가 대부분이었을 테지만, 이것 말고도 크진 않았겠지만 다른 원천은 또 있었다. 일찍 돌아가신 아버지 대신(아버지가 일찍 돌아가신 일과 관련해서는 뒤에서 자세하게 설명하겠다.) 나에게 아버지 역할을 해주셨던 숙부만 하더라도 그때 면사무소 직원이었다. 그러니 우리 집이 비록 떵떵거릴 정도의 부자는 아니었지만 그 시절에 대부분의 식민지 백성이 그랬던 것처럼 툭하면 끼니를 거를 정도로 가난에 찌들지는 않았다. 달리 말하면, 그럭저럭 잘 살았다는 말이다. 뒤에서 이야기하겠지만, 면사무소에서 일하던 숙부는 해방된 뒤에 마을 사람들로부터 만장일치로 친일파로 찍혔고, 그 바람에 우리 집의 문짝 중에서 온전하게 남은 것은 하나도 없었다. 하지만 그렇다고 해서 할아버지를 비롯해서 우리 집안 사람들이 친일 부역 행위를 했던 것은 아니다. 아닌 게 아니라 그 시골에서는 그런 행위를 하려고 해도 할 게 별로 없었기 때문일 것이다.

또 할아버지는 아들 셋을 다 장가들인 뒤에도 한 집안에 거느리고 살면서 철저하게 유교 이념으로 가족을 통솔하셨는데, 이 유교 이념이라는 것은 따지고 보면 친일이 아니라 오히려 반일의 뿌리였다.

상투만 해도 그렇다. 조선이 망해가던 역사의 마지막 순간을 돌아보자. 1895년에는 봉건적인 질서를 뒤집어엎겠다고 들고일어났던 동학농민혁명의 지도자 전봉준이 4월에 처형되었고, 10월에는 명성황후가 일본 사무라이들에게 살해되었으며, 다시 두 달이 지난 12월에는 상투를 자르라는 단발령이 내려졌다. 조선 전역이 발칵 뒤집어졌다. 신체와 터럭과 살갗은 부모에게 받은 것이므로 훼상하지 않는 게 효(孝)의 시작이라는 것이 유교의 핵

심적인 가르침이었다. 또한 이는 조선의 건국 이념이자 정치 체계인 성리학적 질서로 조선왕조 500년을 지탱해 온 지침이었는데, 단발령이 이 지침을 전면적으로 뒤엎었다. 당대 유림의 거두이던 최익현은 단발령에 반대하는 운동의 선두에 나서서, 죽어도 상투를 자를 수 없으니 죽이든 살리든 마음대로 하라는 상소를 올리며 투쟁에 나선 것이다. 이렇게 상투에 목숨을 건 사람은 최익현뿐만이 아니었다. 그 무렵에 서울에 머물던 서울 이남의 지방 사람들 가운데 강제로 상투를 잘린 사람들은 그렇게 잘린 상투를 주머니에 고이 넣어 간직한 채 울며불며 과천 가는 남태령 고개를 넘어서 영남으로 또 호남으로 내려갔다고 한다.

우리 할아버지는 최익현이 그랬던 것처럼 일제에 죽음으로 저항하지는 않았다. 그러나 집안을 이끌어나가고 사람을 대하는 가장 기본적인 원칙이자 사람다움의 근본으로 다른 사람의 고통에 공감하라는 측은지심과 행동거지에 부끄러움이 없도록 하라는 수오지심(羞惡之心)을 늘 강조하셨다. 이렇게 조선의 유교 이념을 고수한다는 것은 일제를 받아들이지 않겠다는 존재론적인 선언이었다고 볼 수 있다. [*맹자의 가르침에 따르면, 타인의 고통에 공감하는 측은지심(惻隱之心)은 인(仁)에서 발현되고, 자신의 옳지 못함을 부끄러워하고 남의 옳지 못함을 미워하는 수오지심(羞惡之心)은 의(義)에서 발현되며, 겸손해서 양보하는 사양지심(辭讓之心)은 예(禮)에서 발현되고, 옳고 그름을 판단할 줄 아는 시비지심(是非之心)은 지(智)에서 발현된다고 하였다.]

창씨개명을 거부한 것도 마찬가지 맥락이라고 볼 수 있다. 어머니는 창씨개명을 하지 않은 내 이름 '보꾸엔쇼' 때문에 내가 학교에서 벌을 받지나 않을까 내내 불안해했다. 나중에는 창씨개명을 하지 않은 아이가 한 반에 서너 명밖에 안 될 정도였지만, 할아버지는 당신 눈에 흙이 들어가기 전에는 가족 가운데 그 누구도 성을 고쳐서는 안 된다고 하셨다. 그렇게 할아버지는 '양반'임을 주장하며 '양반의 법도'에 따라서 우리 집안을 이끄셨다. 이런 분위기를 나는 소설 『그 많던 싱아는 다 어디 갔을까』에서 다음과 같이 썼다.

우리 집안은 겨우 까막눈이나 면한 시골 선비 집안이었다. 부끄럽지만 할아버지도 양반 타령만 유별났지 민족적 자부심이나 역사의식이 있는 분은 못 되었다. 할아버지의 양반 노릇은 오직 우리보다 낮은 양반을 무시하는 것이었고, 양반으로서의 책임감이 있다면 자식들 혼사를 맺을 때 우리와 걸맞은 양반 중에서도 우리하고 같은 노론 집안하고만 맺어야 한다는 고집 정도였다.

할아버지는 또 남녀유별(男女有別)이라는 유교 철칙을 내세워서 집안의 여자들이 송도(개성)에 출입하지 못하게 했을 뿐만 아니라 논이나 밭에도 내보내지 않으셨다. 이런 집안 분위기 때문에 다들 할아버지 앞에서는 설설 기다시피 했다. 그러나 뒤에서는 달랐다. 언젠가 내가 할머니에게 양반이 뭐냐고 물어보았더니 할머니는 픽 웃으면서 "개 팔아 두 냥 반이란다."라고 대답하셨으니까. 그것은 개를 팔아도 두 냥 반을 받는데 양반의 값어치는 한 냥 반밖에 되지 않는다는 뜻이었다.

그래서 그랬던지 우리 할아버지에게는 '민족적 자부심이나 역사의식'이 남들로부터 존경을 받을 정도로 '충분히' 많지 않았다. 이런 사실은 오빠가 서울에서 다니던 학교를 졸업하고 총독부에 취직했을 때나, 그보다 앞서 큰 숙부가 면서기로 취직했을 때 할아버지가 어떤 모습을 보였는지만 봐도 잘 알 수 있다. 다음은 역시 소설 『그 많던 싱아는…』의 한 부분이다.

마을 사람들보다 더 배웠다 자부하고, 툭하면 마을 사람들을 상것들이라고 무시하고 싶어 하는 할아버지의 양반 의식이란 것도 실은 얼마나 비루한 것이었던지, 자손이 총독부고 면사무소고 그저 관청에 취직한 것만 대견해하셨다. 내 나라야 어느 지경에 가 있든지 간에 땅 파먹는 것보다는 붓대 놀려 먹고 사는 걸 더 낫게 치고, 이왕 붓대를 놀리려면 관청에서 놀리는 걸 더 높이 여긴 걸 보면, 양반 의식 중에서 선비정신은 빼버리고 아전 근성같이 고약한 것만 남아난 게 우리 집안의 소위 근지가 아니었나 싶다.

할아버지는 중풍으로 바깥출입을 하지 못하게 된 뒤에는 사랑방에 서당을 차려서 동네 아이들은 물론이고 글 모르는 어른까지도 가르치셨다. 나도 소학교에 (그때는 '초등학교'가 아니라 '소학교'였다) 들어가기 전에 이 서당에서 할아버지의 가르침으로 똘똘하게도 천자문을 다 떼고 『동몽선습』을 배우기 시작했다. 할아버지께서는 맏아들이 병으로 죽은 뒤에 맏며느리가 맏손자를 서울에서 가르치겠다고 데리고 가버리셨으니, 손녀이긴 하지만 하나 남은 손주를 손수 가르치며 법도와 교양을 갖춘 양반 집안의 규수로 키워내는 재미와 보람이 얼마나 컸을지 모른다. 게다가 열 살 위인 오빠와 나 사이에 다른 손자가 셋이 있었지만 모두 어릴 때 죽어버리고 달랑 나와 오빠만 남아 있었으니…. 그러나 그 재미와 보람은 머지않아서 내가 어머니를 따라 서울로 가면서 치가 떨리는 배신감으로 바뀌고 만다.

할아버지의 양반 놀음과 어머니의 반란

할아버지가 양반 의식을 내세워서 집안을 이끌 수 있었던 것은 그래도 우리 집이 경제적으로 어느 정도는 여유가 있었기 때문이다. 공자님도 의식이 족해야 예의를 안다고 하지 않았던가…. 그러나 어머니는 할아버지의 이런 세상 물정 모르는 양반 놀음에 치를 떨며 반기를 들었다. 어머니로서는 충분히 그럴 만도 했다. 아버지는 내가 세 살 때 죽었다. 이 아버지의 죽음을, 1990년에 고정희 작가와 인터뷰하면서 나는 다음과 같이 말했다.

아버지가 급환으로 세 살 적에 돌아가셨는데, 맹장염이었건만 벽촌이라 침 맞고 푸닥거리하다가 달구지로 읍내에 싣고 갔

을 때는 이미 때가 늦어 허망하게 사별하자 맏며느리이자 서울 며느리인 어머니는 그게 철천지한이 되셨어요. 어떻게 하든 자식만은 서울에서 공부를 시켜야 한다고 시부모님 허락도 없이 오빠를 데리고 서울로 떠나셨는데, 그때 어른들이 어머니를 헐뜯는 소리를 자주 들었고, 서울서 지지리 고생을 하다가 초라한 몰골로 돌아오길 바라는 소리를 귓등으로 흘리며 자랐어요. (*「다시 살아 있는 날」, 『박완서의 말』)

　지금 생각하면 정말 한심하고 답답한 일이다. 맹장염이 복막염이 되도록 침을 맞고 푸닥거리를 하다니, 그래서 결국 그 사람을 죽게 만들다니, 그리고 또 그 죽음을 두고 천명이라고 하다니…. 만일 어머니가 이희승 선생의 「딸깍발이」라는 수필을 읽으셨더라면, 그 남산골 샌님이 딱 나의 할아버지이자 당신의 시아버지 모습 그대로라고 무릎을 치고는 그 미운 감정을 주체하지 못하고 홱 돌아앉으셨을 것이다.

　그 꼬락서니라든지 차림차림이야 여간 장관(壯觀)이 아니다. 두 볼이 야윌 대로 야위어서 담배 모금이나 세차게 빨 때에는 양 볼의 가죽이 입안에서 서로 맞닿을 지경이요, 콧날이 날카롭게 오똑 서서 꾀와 이지(理智)만이 내발릴 대로 발려 있고, 사철 없이 맑간 콧물이 방울방울 맺혀 떨어진다. 그래도 두 눈은 개개 풀리지 않고 영채(映彩)가 돌아서, 무력(無力)이라든지 낙심의 빛을 나타내지 않고 있다. 아랫입술, 윗입술이 쪼그라질 정도로 굳게 다문 입은 그 의지력을 더욱 두드러지게 나타내고 있다. (….)

걸음을 걸어도 일인(日人)들 모양으로 경망스럽게 발을 옮기는 것이 아니라 느럭느럭 갈지[之] 자 걸음으로, 뼈대만 엉성한 호리호리한 체격일망정, 그래도 두 어깨를 턱 젖혀서 가슴을 뻐기고, 고개를 휘번덕거리기는커녕 곁눈질하는 법 없이 눈을 내리깔아 코끝만 보고 걸어가는 모습(이다) (…)

청렴개결(淸廉介潔)을 생명으로 삼는 선비로서 재물을 알아서는 안 된다. (…) 오직 예의염치가 있을 뿐이다. 인(仁)과 의(義) 속에 살다가 인과 의를 위하여 죽는 것이 떳떳하다.

그렇게 어머니는 할아버지의 양반 의식을 경멸했다. 자

기 아들을 그런 케케묵은 양반 놀음의 희생양이 되지 않게 만들겠다고 다짐했다. (하지만 사실 어머니도 그 양반 의식에 푹 젖어 있었는데, 여기에 대해서는 4장에서 자세하게 설명하겠다.) 그러고는 아버지의 삼년상을 마치자마자 오빠를 서울로 데리고 가서 공부시켰다. 그리고 내가 학교에 들어갈 나이가 되자 나까지 서울로 데리고 올라갔다. 그때 어머니와 내가 이른 시각에 사랑방에 들어가 할아버지에게 하직 인사를 하자 할아버지는 쌈지에서 오십 전짜리 동전을 하나 꺼내 내 앞에 던지셨다. 그런데 하필이면 그 보오얀 은전은 방바닥을 데구르르 굴렀다. 엎드려서 그 은전을 주우면서 나는 이상한 맛의 슬픔을 느꼈다. 여러 산문이나 소설에서도 썼지만 그때의 그 슬픔은 내가 어른이 되고 또 할머니가 되어서까지 잊히지 않는다. 그건 어쩌면 할아버지가 몸서리치며 느끼셨던 배신감을 은전이 구르던 그 소리와 그 은전을 주울 때 느꼈던 촉감으로 온전히 느꼈고, 그 느낌이 내 인생의 성장통 상처로 남아 있기 때문이 아닐까 싶다.

그렇게 나는 여덟 살 때 서울로 갔다. 장차 무섭고 끔찍하고 또 뒤돌아보면 아름답고 그리운 그 모든 일이 나를 기다리는 그 낯선 시공간으로 들어감으로써 나는 인생의 새로운 국면을 맞았다.

종갓집 맏며느리이던 어머니가 양반 놀이에서 탈출하는 반란을 일으키지 않았더라면 내 인생은 어떻게 이어졌을까? 아마도 나는 개풍 근처의 벽촌 어디쯤에 살다가 거기에 묻혔을 것이다. 만일 그랬다면, 어머니를 따라 서울에 온 뒤로 내가 죽을 때까지 겪었던 그 모든 경험, 고통스러웠지만 돌아보면 처절하게 아름다운 그 숱한 경험도 하지 못했으리라….

이희승 선생이 「딸깍발이」를 발표한 것은 1952년이다. 1952년이면 내가 6·25라는 거대하고 무시무시한 고통의 늪에서 허우적거리던 때였다. 그때 선생은 이미 오래전부터 서울대학교 문리대 교수 신분이었으니, 전쟁이 나지 않았다면 내가 서울대학교 문리대에 계속 다니고 있었을 것이고, 그렇다면 그분의 강의도 들었을 것이다. 어쩌면, 대학교에 입학한 직후에 선생님 강의를 들을 수 있었을지 모른다. 친구들과 어울려 깔깔거리면서 양주동 선생의 강의를 도강하러 다닐 때 다른 강의실에서 이희승 선생님이 강의를 하고 계셨을지도 모른다. 그때도 남산골 샌님 이야기를 하셨을까? 그런 강의를 들었다면 나는 가여운 우리 할아버지를 떠올렸겠지….

나에게 양반이라는 것은···

어린 시절에 나는 내가 양반의 자손임을 의식하지 못했다. 그저 세상이 그런 줄로만 알았다. 길에서 할아버지를 만난 동네 사람은 공손하게 인사를 하고 다소곳이 한쪽으로 비켜서서 할아버지가 편안하게 지나가도록 양보하는 것이 당연하고, 우리 집에서 힘들고 궂은일은 머슴이 도맡아서 하는 게 당연하고, 그 머슴이 머슴으로 살면서 맞닥뜨리는 일상적인 고통은 굳이 따로 챙기지 않는 게 당연하고, 다른 아이들이 논밭에 나가 농사를 지을 때 나는 학교에 다니는 것이 당연하다고 생각했다.

나는 내가 양반의 자손임을 의식했다고 하더라도 이런 사실을 자랑스러워하지 않았다. 그럴 수도 없었다. 나에게 '양반'은 할아버지였고, 이 할아버지를 (정확하게 말하면, 할아버지의 양반 의식을) 나의 어머니가 끔찍하게 혐오했기 때문이다.

어머니는 여덟 살이 된 나를 할아버지 집에서 빼내어 서울로 데리고 가면서 나더러 '신여성'이 되라고 했다.

"신여성이 뭐야?"

"신여성은 머리를 쪽지지 않고 히사시까미하고, 치마는 짧은 통치마로 입고, 버선 대신 살색 비단 양말 신고, 고무신 대신 뾰족구두 신고, 한도바꾸(핸드백) 들고 다닌다. 신여성이란 또 공부를 많이 해서 이 세상 이치에 대해 남자들처럼 모르는 게 없고, 마음먹은 건 뭐든지 마음대로 할 수 있는 여자야."

그렇게 구식 여성이던 어머니는 신여성의 꿈을 딸인 내가 대신 이룰 수 있기를 간절히 바랐다. 나는 물론 그게 무슨 뜻인지 알아듣지 못했다. 그러나 어머니가 그걸 얼마나 간절히 바라고 있다는 것만은 알 수가 있었다.

그러나 어머니가 비록 할아버지의 양반 놀이에서 탈출했어도 박적골이라는 공간에서만 벗어났을 뿐 정신적으로는 거기에서 온전하게 벗어나지 못했다. 벗어나긴커녕 어머니 자신도 양반이라는 자의식에 뿌리 깊게 사로잡혀 있었다.

박적골에서 어머니는 아버지가 죽은 뒤에 날마다 아침이면 대청마루에서 아버지의 위패에 절을 한 다음에 곡을 하는 것으로 하루를 시작하면서 삼년상을 치렀다. 그렇게 구식 여성의 의무를 다했다. 나는 어머니가 그렇게 곡을 하는 소리가 무엇보다 싫었다. 어느 산문에서 나는 그 곡소리를 다음과 같이 회상했다.

어머니의 애절한 곡소리가 은은하게 울려퍼지면 나도 저절로 눈물이 나면서 이 세상의 모든 즐거움으로부터 나 혼자 단절된 것 같은 슬픔과 고독을 맛보아야 했고 그런 슬픔과 고독은 대여섯 살의 계집애가 감당하기엔 너무 벅찬 것이었다.(*「여자와 남자가 있는 풍경」)

어머니는 그 상실과 박탈의 애절함을 오빠와 나를 통해서 부활과 회복으로 바꾸어놓으려고 했다. 그런데 어머니의 이 투쟁은, 할아버지에게 노골적으로 반기를 들면서 표방했던 것처럼 양반이라는 울타리에서 벗어나는 양상으로 혹은 양반 의식에서 벗어나는 방향으로 전개된 게 아니었다. 어머니의 투쟁은 오히려 양반 의식을 무기로 삼았다. 어머니는 사대문 밖의 가난한 현저동 산동네 꼭대기에 있는 월셋집에 둥지를 틀고 삯바느질로 우리 가족의 생계를 꾸리면서, 우리 남매가 '못 배운 상것'들과 어울려서 그들의 잘못된 정신 때문에 타락하지 정신으로 물들지 않도록 경계하고 단속하며 우리 남매를 '좋은 학교'에 보내는 한편, 종갓집 맏며느리로서 봉제사의 의무를 저버리지 않고 수행했다. 나는 1991년에 문학평론가 황도경과 인터뷰를 하면서 그때의 어머니 모습을 다음과 같이 회상했다.

　지금의 강남 엄마들이 하는 짓을 그때 우리 어머니가 하셨죠. 어떻게 생각하면 앞을 내다본 것도 같고, 극성맞게 자식들을 어떡하든지 서울의 중심부, 지금으로 생각하면 엘리트로 밀어 올려야겠다는 의식이 강하면서도 또 하나 뭔가 도시적인 것, 얄팍

함, 천박한 것에 부닥쳤을 때는 항상 '상것들', '저런 것들 하고는 상종을 하지 마라', '바닥 상것' 등의 말들을 많이 하셨어요. 우리 어머니의 '상것'의 기준은 뭔지 난 지금도 확실치 않은데, 나름대로 어떤 기준이 있었겠지요. 옛날식 인정, 양반스러움이 남아 있는 마을 공동체, 이런 데 대한 향수 때문에 그런 것들을 세상에서 제일인 것처럼 여겼던 겁니다. (＊「저문 날을 건너오는 소설」, 『박완서의 말』)

그러니까 어머니가 기대었던 기준이나 원칙은 어머니가 그토록 싫어했던 양반 의식, 바로 그것이었다. 측은지심과 수오지심을 (행동으로 실천하지는 않았지만 말로나마) 강조하던 할아버지의 철학 바로 그것이었다. 또한 이희승 선생이 수필 「딸깍발이」를 쓰면서 그 남산골 샌님을 조롱하는 듯하지만 결국 그를 본받자고 했던 바로 그 정신이다.

현대인은 너무 약다. 전체를 위하여 약은 것이 아니라, 자기 중심, 자기 본위로만 약다. (…) 극단의 이기주의에 밝다. 이

것은 실상은 현명한 것이 아니요, 우매하기 짝이 없는 일이다. 제 꾀에 제가 빠져서 속아 넘어갈 현명이라고나 할까. 우리 현대인도 '딸깍발이'의 정신을 좀 배우자. 첫째, 그 의기(義氣)를 배울 것이요, 둘째 그 강직(剛直)을 배우자.(＊「딸깍발이」)

이제야 생각하는 것이지만, 내가 여덟 살까지 시골 박절골에서 살면서 상투 튼 할아버지에게서 듣고 보고 배운 모든 것, 그리고 서울의 사대문 밖 산꼭대기 월셋집에서 삯바느질을 하는 어머니 곁에 앉아서 듣고 보고 배운 모든 것의 근원은 바로 양반 의식이 아니었을까 싶다. 여름방학이든 겨울방학이든 방학 때마다, 서울에 살던 빈민굴 같은 동네에서 벗어나서 나를 귀하게 여겨주는 할아버지와 할머니가 있는 시골로 돌아가서 누리던 그 해방감, 시집올 때 이야기책 필사본을 장롱 한 궤짝 가득 넣어왔던 타고난 이야기꾼이었던 어머니가 "옛다 조조야, 칼 받아라!" 하면서 삯바느질하던 손을 높이 쳐들었을 때 엄마의 손끝에서 번쩍이던 바늘을 바라보면서 느끼던 통쾌함의 근원도 바로 그 의식이 아니었을까 싶다. 또 바로 그 의식이 내가 썼던 모든 글의 동력이 아니었을까 싶다.

유년의 그 기억은 흘러서 사라져버린 게 아니라 녹아서 내 정신의 구석구석에 스며들어 있다가 나중에 할아버지와 어머니의 음성과 눈빛과 손짓으로 내 글에서 되살아났지 싶다. 여기에 대해서는 뒤에서 다시 논점을 몇 가지로 구분해서 뒤에서 자세하게 살펴볼 참이다.

2장

나는
역사다

나는 일제강점기에 태어나서 살다가 해방을 맞았고, 또 그러다가 나는 하필이면 눈부시게 아름답던 스무 살 무렵에 6·25를 만났다. 전쟁이라는 그 험한 바람 속에서 사랑하던 사람들을 허망하게 잃었고, 졸지에 그 어린 나이에 다섯 식구를 먹여 살려야 하는 가장으로 살아야 했다. 그리고 전쟁이 끝나가던 1953년에 결혼해서 아이 다섯을 낳아 키우며 4·19 때의 그 총성과 함성과 환호성에 가슴을 떨었고 1960~70년대의 고도성장의 도도한 물결 속에서 아줌마로 살았으며, 또 1980년대에는 민주화운동의 뜨거운 열기를 느끼며 살았다. 그러다가 2011년에 죽었다. 만 나이로 아깝게 여든을 채우지 못했지만, 우리나라의 현대사를 관통하며 볼 것이나 못 볼 것을 많이도 보면서 정말오래 살았다. 500년은 산 건 같다.

그렇게 나는 대한민국 현대사다. 하지만 사실 내 또래면 누구나 그럴 것이다. 그 사람의 말과 행동과 생각 그리고 인생 행로에는 조선시대가 녹아 있을 것이고 일제강점기와 6·25전쟁이 녹아 있을 것이며 또 고도성장과 민주화 운동이라는 1970년대와 1980년대의 열기가 녹아 있을 것이다. 그 고리타분함과 순진함과 상처와 부끄러움과 비분강개와 탐욕과 사랑과 성취감과 음흉함과 처절함까지 모두…. 그래서 어떤 글에서도 쓴 적이 있지만 마치 5백 년 세월을 산 것 같기도 하다.

하지만 모든 사람이 다 나와 같다고 하더라도 내가 대한민국 현대사라는 사실이 가지는 무게는 조금도 줄어들지 않는다. 내가 다른 사람들과 비교해서 특별한 사람이라서 그런 게 아니다. 내가 했던 경험이 그리고 그때 했던 온갖 생각이 또 그 생각들을 담아냈던 내 글들이 2020년대 중반이라는 현시대에 비춰서 특별하게 곱씹을 가치가 있기 때문이다. 아니, 정확하게 말하면, 그렇게 내가 생각하기 때문이다. 내 인생에는 나만의 대한민국 현대사가 녹아 있다.

식민지 조선의 1930년대, 나는 '보꾸엔쇼'였다

19세기 말에서 20세기 초로 이어지던 그 무렵, 500년을 이어오던 조선은 마지막 가쁜 숨을 몰아쉬고 있었다. 성리학이라는 유교 이념을 통치 철학으로 삼았던 조선은 무너져 가는 왕조의 권위를 바로 세우려고 마지막까지도 그 봉건 질서의 끈을 악착같이 붙잡고서 발버둥을 쳤지만 시대착오였다. 결국 조선은, 일찌감치 봉건성에서 탈피해서 제국주의 열강의 대열에 합류했던 일본에 강제로 합병되었다.

내가 태어났던 식민지 조선의 1930년대는 일본이 만주를 침략하면서 한반도를 침략 전쟁에 필요한 병참 기지로 만들겠다는 계획 아래 한반도에서 공업화를 진행하던 시기였다. 세계 정세도 긴박했다. 미국에서 시작된 공황이 전 세계를 타격했고, 세계의 열강들은 시장과 식민지를 확보하기 위해 전쟁을 불사했으며, 마침내 1939년에는 제2차 세계대전이 발발했다. 그리고 1941년 12월에 일본이 진주만을 기습적으로 공습하면서 전쟁은 확대되었다.

바로 그 1930년대의 두 번째 해인 1931년에 나는 경기도 개풍군(지금의 황해도 개풍군)에서 태어났다. 이 해는 평양 평원 고무공장의 여성 노동자인 강주룡이 고공 농성을 하다가 체포된 해이기도 했다. (이 공장에서 회사가 임금 삭감을 결정하자 여성 노동자 49명이 단식 투쟁을 했는데, 경찰이 이들을 끌어내자 강주룡이 여기에 반발해서 을밀대 지붕 위에 올라가서는, 사장이 와서 임금 삭감 방침을 취소하기 전에는 절대로 내려가지 않겠다면서 시위를 했던 것이다. 그러나 이 시위는 무력으로 강제해산되면서 끝났다.)

그러나 내가 살던 개풍군의 박적골이라는 시골은 그런 시대의 흐름과는 무관하게 조선시대에 대대로 그랬던 것처럼 평온했다. 적어도 내가 여덟 살까지 살았고 또 그 뒤에도 여름이고 겨울이고 방학 때마다 찾아가서 보냈던 나의 시골 동네는 그랬다. 적어도 해방이 되기까지는 그랬다. 소설『그 많던 싱아는 누가 다 먹었을까』에서도 썼지만, 그곳에서 여덟 살까지 그 1930년대가 다 가도록 사는 동안 이 세상에 부자와 가난뱅이가 따로 있다는 걸 알 기회가 그 시골 동네에 살던 나에게는 없었다.

동무들과 손잡고 딴 동네를 가볼 기회도 그리 많지 않았다. 넓은 앞벌로는 아무리 멀리 나가도 딴 마을이 나오지 않았다. 뒷동산을 넘어야만 이웃 마을이 나왔고, 이웃 마을의 풍경도 별로 신기할 게 없었다. 옆구리에 텃밭을 낀 집들이 산기슭에 안겨 있었고, 넓은 벌을 풍성한 치맛자락처럼 거느리고 있었다. 사람들은 다들 그렇게 사는 줄만 알았다. 아무리 고개를 넘고 내를 건너도 조선 땅이고 조선 사람밖에 없는 줄 알았다.

그러나 나의 어머니는 당신의 아들이 또 딸이 그렇게 시골에서 양반 타령을 하는 할아버지 아래에서 살기를 바라지 않았다. 나의 아버지는 내가 세 살 때 돌아가셨다. 나는 너무 어려서 기억도 나지 않지만, 전해지는 증세로 보자면 맹장염이 분명했다. 하지만 할아버지의 고집으로 침이나 맞고 푸닥거리를 하다가 때를 놓쳤고, 결국 증세가 심해져서 달구지에 실려 읍내로 갔을 때는 이미 너무 늦어버렸다. 맏며느리이자 서울 며느리이던 어머니에게는 이 일이 철천지한이 되었고, 자식들만큼은 어떻게 하든 서울에서 공부를 시켜야겠다고 마음먹었고, 아버지의 삼년상이 끝나자마자 집안 어른의 허락도 없이 오빠를 데리고 서울로 가버렸다. 그리고 할아버지의 서당에서 내가 천자문을 뗐을 무렵에 어머니는 나까지 데리고 서울로 데리고 갔다. 이때의 일을 어느 산문에서 나는 다음과 같이 기억했다.

천자문을 떼고 떡까지 해먹은 지 며칠 안 되어서 서울 가신 어머니가 처음으로 돌아오셨다. (…) 고생한 티는 완연했지만 주눅은 들지 않고 너무나 당당했다. (…) 어머니는 나까지 서울로 데려다 공부를 시키겠다는 것이었고 어른들은 천부당만부

당하다는 듯이 처음엔 숫제 상대도 안 하려 들었다. (…) 어머니는 어머니의 결심이 얼마나 확고부동하다는 걸 시위라도 하려는 듯이 어느 날 내 머리를 빗겨주는 척하다가 싹둑 잘라 단발머리를 만들어버렸다. 그때까지 내 머리는 빨간 헝겊을 넣고 가닥가닥 따내리는 종종머리였다. 그 시절의 단발머리는 뒷머리를 뒤통수까지 높이 깎아 올리고 그 자리를 하얗게 면도질하는 것이어서 나는 뒷거울을 보고 기절초풍하고 말았다. (…) 드디어 어느 날 어머니와 나는 할아버지께 하직 인사를 드리러 사랑에 들어갔다. 서당 아이들이 오기 전 이른 아침이었다. "흥, 뒤에도 얼굴이 하나 더 있구나, 꼴 보기 싫다. 어서 가라." 할아버지는 이렇게 씹어뱉듯이 말씀하시고 쌈지에서 오십 전짜리 동전을 하나 꺼내 내 앞에 던지셨다.(＊「성차별을 주제로 한 자서전」)

  나 개인적으로 보자면, 종종머리가 잘리고 단발이 된다는 것은 여태까지 살았던 고향 박적골의 세상을 떠나서 서울이라는 신문물의 세상, 현대의 세상으로 나아간다는 뜻이 담긴 상징적인 사건이었다. 할아버지는 그게 오죽

섭섭하고 마땅찮았으면 보물처럼 아끼고 귀여워하시던 나에게 동전을 휙 던지셨을까 싶다.

그렇게 해서 나는 서울로 갔다. 어머니의 바람대로, '공부를 많이 해서 이 세상 이치에 대해 남자들처럼 모르는 게 없고 마음먹은 건 뭐든지 마음대로 할 수 있는 여자, 신여성'이 되기 위해서…. 그리고 거기에서 장차 내 인생의 모든 상처와 고통이 비롯되었고, 또 내 인생의 모든 그리움과 목적이 잉태된다. 1977년에 발간한 어느 중편집의 서문에서 나는 그 시절을 다음과 같이 설명했다.

매동국민학교에 입학했으나 급변한 환경에 적응치 못해 친구도 못 사귀고 공부도 잘 못했다. 3, 4학년 때 가서야 학교 가기 싫어하는 버릇도 나아지고 공부에 취미도 붙였다. 1944년 일제의 패색이 짙어질 무렵 숙명여고에 입학했다. (★『창 밖은 봄』)

내 이름 박완서의 일본식 독음은 '보꾸엔쇼'였다. 창씨개명하지 않은 그 이름은 어린 마음에도 불온하다는 생각이 들었고, 그 이름 때문에 나는 늘 불안했다. 그래서 6학년 때 개성으로 수학여행을 갔을 때, 개성역으로 나를 보러 나오신 할머니가 나를 찾느라고 "완서야, 완서야!" 하고 불러댈 때는 얼마나 불안하고 부끄러웠는지 모른다. 어느 산문에서 나는 그때의 심정을 이렇게 묘사했다.

선생님이 호루라기를 불어서 우리를 모았다. 우리는 개성역 전 광장에 네 줄로 정렬했다. 그때도 나는 앞에 선 아이의 뒤통수만 보고 한눈 한번 안 팔았다. 이때였다. 어디서 "완서야, 완서야!" 하고 부르는 할머니의 목소리가 들렸다. 나는 가슴이 울렁거리고 얼굴이 홍당무가 됐다. 그러나 마음 모질게 먹고 나서지 않았다. 학교에 입학하고부터 곧 이름을 일본말로 고쳐 부를 때라 '완서'가 내 이름이라고 선뜻 알 만한 아이가 없었다. (…) 할머니는 마침내 내 이름을 일본말로 부르시는 것이었다. "보꾸엔쇼야, 보꾸엔쇼야!" (★「할머니와 베보자기」)

해방의 기쁨과 이념의 불안한 그림자

　1945년에 일제는 전쟁에서의 패색이 짙어지자 소개령을 내려서 도시 인구를 지방으로 분산하는 정책을 펼쳤고, 거기 따라 우리 일가도 그해 봄에 고향인 박적골로 이사했다. 나는 숙명여고에서 호수돈여고로 전학했고 그해 8월은 전학해서 처음 맞는 방학이었다.

　8월 15일, 그날 박적골에서는 온종일 햇볕이 쨍쨍 내리쬐고 매미 소리가 온종일 자지러졌을 뿐, 우리나라가 해방된 걸 아는 사람은 아무도 없었다. 그때의 모습을 나는 어느 산문 에서 이렇게 묘사했다.

워낙 두메라 해방이 된 걸 아무도 몰랐던 것이다. 마을에서 유일한 양복쟁이이자 유일한 월급쟁이이던 삼촌조차 아침에 자전거 타고 출근했다가 저녁에 자전거 타고 돌아와서 아, 덥다고 목물하고 저녁상 받는 단조로운 일상사를 되풀이했을 뿐이었다. (…) 다음 날, 일찍 자전거 타고 출근했던 삼촌이 점심 때도 되기 전에 자전거 타고 돌아와서 떨리는 목소리로 일본이 항복했단 소리를 전했고, 마을 사람들은 긴가민가 어정쩡한 얼굴로 서로 눈치만 볼 뿐 기뻐할 줄도 슬퍼할 줄도 몰랐다.(★「우리를 두렵게 하는 것들」)

그런 어정쩡한 상태가 며칠간 이어졌다. 그러나 일본이 망하고 우리가 독립했다는 정보가 확실해지자 사람들은 흥분하기 시작했다. 이웃 마을과 합세해서 농악을 울리고 노래하고 춤추며 이웃 마을로 넘어갔고, 그러던 사이에 환희의 인파가 점점 불어나면서 환희는 복수로 바뀌었다. 우리 마을에서는 면서기이던 삼촌이 만장일치로 친일파로 몰렸다.

흥분한 청년들이 노도처럼 우리 집으로 들이닥쳤다. 우리 마을 청년들은 순진하게도 우리 집이 친일파 집이라는 것만 가르쳐주고 뒷전으로 물러나고 딴 마을 청년들을 앞장세웠기 때문에 낯선 얼굴들이었다. (…) 집의 문짝은 있는 대로 와지끈지끈 부수어댔다. 친일파를 타도하자는 구호를 신명나게 외쳐대며 허술한 문짝들을 와지끈지끈 가루로 만들었다. (…) 모든 문짝을 다 부수고 난 청년들은 덩실덩실 춤을 추며 이웃 마을로 다시 친일파를 타도하러 넘어갔다. (*같은 글)

그때 일은 지금도 생생하다. 우리 집에 들이닥쳐서 문짝을 부수던 청년 가운데 하나가 문패를 떼서 패대기를 쳤다. 아버지의 문패였다. 할아버지가 돌아가시고 나서도 여전히 대문에 붙어 있던 문패였다. 그 순간 나는 뭐라고 목청껏 악을 쓰며 그 청년을 향해 돌진했다. 다른 건 몰라도 문패를 패대기치는 건 참을 수가 없었다. 그때는 난생처음 보는 그 폭력의 장면이 하나도 무섭지 않았고 사생결단을 하다가 죽어도 좋다고 생각했다. 그때 만약 오빠가 나를 뜯어말리고 질질 끌다시피 해서 뒷동산으로 데리고 가지 않았더라면 무슨 일을 벌였어도 벌였을 것이다. 그 상황을 나는 소설『그 많던 싱아는 누가 다 먹었을까』에서 다음과 같이 묘사했다.

　　나는 뒷동산에 끌려가서도 오빠에게 마구 대들었다. 우리가 어째서 친일파냐? 우리는 창씨개명도 안 했지 않느냐, 똥 묻은 개가 겨 묻은 개를 나무라도 분수가 있지, 도쿠야마, 아라이, 기무라 등이 뭐가 잘났다고 감히 반남 박씨 집을 때려부수느냐는 게 내 항변의 대강의 요지였다.

　　그러면서 오빠는 도쿠야마, 아라이 들이 당한 건 박해요, 수난이요, 치욕이지만, 우리는 그동안 편안히 특혜를 누려왔는데 그게 너무도 부끄러워 얼굴을 들 수가 없던 차에 저렇게라도 분풀이를 당했으니까 동네 사람들 보기가 덜 부끄러울 것 같다고 했다. 나는 그 말을 도무지 이해할 수 없었다. 하지만 그때 오빠는 우리 집과 우리 할아버지가 아니라 우리 사회 전체를 염두에 두고 있었다. 그리고 그때 이미 오빠는 마르크스주의에 동조하고 있었던 것 같다. 그러니까 1945년 8월에 이미 오빠를 중심으로 한 우리 가족에게는 1950년 6월 그리고 그 뒤에 전쟁통에 일어날 그 끔찍한 충격과 비극, '빨갱이'와 관련한 그 죽음이 서서히 잉태되고 있었던 셈이다. 아직까지는 아무도 전혀 눈치채지 못하던 상태로….

학교에서도 마찬가지였다.

자유니 민주주의니 하는 희한한 소리를 처음 듣고 신선한 놀라움을 맛보았다. 학생들의 자치활동이 장려되고 학생회라는 게 생겨난 것까지는 좋았으나, 툭하면 수업을 거부하고 강당에 모여 ××선생 물러나라느니, ○○선생님을 교장으로 절대 지지하느니 하는 토론을 벌였고, 이런 열띤 자치활동은 당시의 사회상인 좌우익의 대립을 닮은 양상을 띠기 시작했다.(*「창 밖은 봄」)

그때만 하더라도 나는 그런 것들이 그저 신기하기만 할 뿐이었다. 또 그만큼 재미있기도 했다. 하지만 그때까지도 나는 그런 대립이 내 인생에 얼마나 참혹하고 무서운 그림자를 드리울지는, 불과 몇 년 뒤에 얼마나 무섭고 끔찍한 일들이 내 주변에서, 우리 가족에게 일어날 것이라고는 꿈에도 생각하지 못했다.

그때 나는 아직 인생을 알지 못한 철없던 문학소녀였다. 시중에는 일본인이 버리고 간 책들이 넘쳐나던 터라 나는 일본어로 된 외국 문학 서적을 닥치는 대로 읽었다. 아마도 인생을 통틀어서 그때 책을 가장 많이 읽었을 것이다.

그렇게 다시 5년이라는 세월이 흘렀고, 1950년이 되었다.

그런데 잠깐….

내가 위에서 소설 『그 많던 싱아를…』에서 묘사되는 일화를 내가 직접 경험한 일처럼 인용했는데, 혹시 이게 이상하게 보이지 않았는가? 일기도 아니고 소설 속의 상황을 작가가 경험한 현실과 동일시한 게 이상하지 않았는가? 소설은 허구이고 현실은 현실이라 엄연히 다른 세상인데…

그러나 나는 그 소설을 쓰면서 애초에 그렇게 설정했고, 이런 점은 그 소설의 책머리에 올려놓은 '작가의 말'에서도 분명히 밝혔다.

이런 글을 소설이라고 불러도 되는 건지 모르겠다. 순전히 기억력에만 의지해서 써보았다.

쓰다 보니까 소설이나 수필 속에서 한두 번씩 울궈먹지 않은 경험이 거의 없었다. 그러나 그때그때의 쓰임새에 따라 소설적인 윤색을 거치지 않은 경험 또한 없었으므로, 이번에는 있는 재료만 가지고 거기에 맞춰 집을 짓듯이 기억을 꾸미거나 다듬는 것을 최대한으로 억제한 글짓기를 해보았다.

소설 속의 이야기들이 소설적인 허구가 아니라 실제 현실이었다는 말이다.

사실 나는 이 소설뿐만 아니라 다른 소설들, 특히 이념 갈등과 관련해서 내 가족이 겪었던 일들을 소재로 다룬 소설들도 대부분 그렇게 썼다. 내가 소설을 이런 식으로

썼던 이유, 정확하게 말하면 이런 식으로 쓸 수밖에 없었
던 이유는 5장에서 자세하게 설명하겠다.

6·25와 그 겨울의 벌거벗은 나무

1950년 5월은 하루하루가 늘 화창하고 찬란했다. 나의 일생 중 가장 아름다운 시절이었다. 하지만, 봄날이 짧듯이 아름다운 시절은 금방 끝나버리고 만다는 걸 나는 미처 몰랐다.

그때 나는 봄에 취해 있었다. 내가 원하던 대학교인 서울대학교 국문과에도 합격한 뒤였다. 내가 가고 싶었던 학과였다. 해방되고 나서 비로소 접하게 된 우리의 고전문학에 깊이 매료되었던 터라 국문학에 일생을 바치면 여한이 없을 것 같았다. 당시를 나는 어떤 산문에서 이렇게 기억했다.

그해 5월이 유난히 아름다웠던 것은 그해 내 나이가 스무 살이었기 때문이기도 하지만 그해 5월은 유난히 잔인했던 6월을 몰고 왔기 때문이기도 하다. (…) 우리의 졸업사진 중에서 그해 6월에 지워진 이름이 그 후 오십여 년 동안에 이 세상 사람이 아니게 된 수효보다 훨씬 더 많다. 우린 여학교인데도 그러하거늘 남학교는 더할 것이다. 남자 20세는 전쟁이 내리는 얼마나 싱싱한 먹이였을까. 생각만 해도 소름이 돋는다.(*「시작과 동시에 끝나버린 스무 살」)

전쟁의 포성이 울리면서 나의 대학 생활도 그해 6월에 끝났다. 대학 생활이라고 해봐야 그해의 입학식이 6월 20일쯤이었으니까 기껏 한 주밖에 되지 않았다. 그러려고 그해 5월이 그리도 찬란했던가.

막 베틀에 올라앉아 나만의 무늬를 짜기 시작하려는데 어떤 날카롭고도 잔인한 칼이 내 인생의 피륙을 싹둑 잘라버렸다면 어떻게 그 사실을 승복할 수 있겠는가.(*같은 글)

내 인생이 싹둑 잘려버렸다. 과장이 아니라 진짜로 그랬다. 전쟁은 오빠의 목숨을 앗아갔다. 그 상황을 나는 세상 사람들에게 내 이야기 좀 제발 들어봐달라고 애원하듯 을러대듯 또 악다구니를 퍼부어대듯 그렇게 소설에서든 산문에서든 수도 없이 써댔다. 다음은 1986년에 어느 산문에서 썼던 내용이다.

졸지에 죽은 사람은 행복하다. 오빠는 서서히 죽임을 당했다. 그것도 정신과 육체가 따로따로 오빠가 완전히 죽기까지는 장장 일 년이 걸렸다. 나는 지금까지도 어느 쪽이 오빠를 죽였는지 확실히 말할 수가 없다. 한쪽에선 오빠를 반동으로 몰아 갖은 악랄한 수단으로 얼르고 공갈치고 협박함으로써 나약한 지식인에 지나지 않았던 그를 마침내 폐인을 만들어 놓고 말았고, 다른 한쪽에선 폐인을 데려다 빨갱이라고 족치기가 맥이 빠졌는지 슬슬 가지고 놀고 장난치다 당장 죽지 않을 만큼의 총상을 입혀 놓고 내팽개치고 후퇴했다. (＊「나에게 소설은 무엇인가」)

오빠의 죽음은 나에게 트라우마로 남았고 또 내가 소설가라는 이름으로 이야기꾼이 될 수밖에 없었던 운명의 비밀이기도 한데, 이 이야기는 5장에서 자세하게 하기로 하고….

오빠가 죽고 나자 그 억척같던 어머니가 정신줄을 놓았다. 어떤 어머니였던들 그렇지 않았을까? 게다가 당신 남편처럼 허망한 죽음을 당하지 않게 하려고 어떻게 지켜내고 어떻게 키우고 또 교육해 장가보낸 아들인데….

어머니와 올케는 하고한 날 줄기차게 비탄에만 잠겨 있다가 차츰 심신이 허탈한 상태로 들어가 산송장처럼 멍해졌다. (…) 어머니가 할 수 있는 말은 젊은 남자만 눈에 띄면 "왜 저 사람은 살았냐?"가 고작이었다. 오빠가 그렇게 된 소식을 듣고 위로차 찾아온 오빠의 친구한테도 맞대놓고 "당신은 왜 안 죽었어? 어떻게 살았느냐 말야?"라고 저주처럼 메마른 소리로 중얼대니 누가 우리 집에 얼씬이나 하겠는가. 우리 집은 다섯 식구가 살았으면서도 마치 아무도 안 사는 폐가처럼 돼갔다. (*

같은 글)

　그 바람에 나는 졸지에 가장이 되었다. 정신줄을 놓아
버린 어머니 그리고 막 출산한 올케 언니와 연년생 조카
둘을 내가 먹여 살려야 했다. 그 스무 살 언저리에…. 솔
직하게 고백하자면, 그때 내가 가장으로 나선 것은 오로
지 책임감 때문만은 아니었다. 어머니는 목숨보다 중한
외아들을 잃었고, 올케는 하늘 같은 남편을 잃었으니 앞
으로 살아봤댔자 어차피 행복하긴 틀렸지만 나는 아니라
는 앙큼한 생각이 들었었다.

　그렇게 해서 나는 서울대학교 학생이라는 말을 앞세우
고 영문학과 학생이라는 거짓말까지 굳이 보태서 미 8군
PX에 취직했는데, 내가 일한 곳은 초상화부였다.

　그때가 1951년 겨울이었다. 여기에서는 미군을 상대로
스카프나 손수건 따위에 애인이나 가족의 사진을 보고 초
상화를 그려주고 돈을 받았는데, 내가 하는 일은 서툰 영
어로 미군을 상대로 호객행위를 하는 것이었다. 난생처
음 머리에 불파마를 하고 입술에 붉은 립스틱을 바르고

길거리에 나가서, 미군을 상대로 "넌 참 핸섬하다. 걸 프렌드(혹은 와이프) 있겠지? 얼마나 예쁠지 보고 싶다. 사진 있으면 보여줄래?"라고 말을 붙인 다음에, 어떻게든 그 미군에게 초상화 일감을 따내야 했다. 그때마다 몸을 팔기라도 하는 것 같은 굴욕감이 들었다. 그들 앞에서 발가벗겨지는 것 같았다. 자기파괴적인 충동에 사로잡혀서 미군을 따라간 호텔방에서 "돈 브레이크 미!"라고 외치며 도망치는 내 모습을 상상했다.

"왓츠 매러?"

그다 다시 나에게 접근해왔다.

"오 노오, 플리이즈 플리이즈 돈 브레이크 미."

나는 나를 제발 망가뜨리지 말라 달라고 애걸을 하며 손을 모아 싹싹 빌었다.

털복숭이의 팔과 가슴을 드러낸 조는 마치 거대한 성성이나 고릴라 같았다. (…) 나는 그 사이에 재빨리 내의 하나를 걸쳤다. 도어가 닫히고 다시 조와 나만이 남겨졌다.

"왓츠 매러? 아 유 크레이지?"

나는 고개를 끄덕이며 흘금흘금 옷을 주웠다. 미쳐도 좋고 아무래도 좋았다. 나는 피를 쏟고 망가지기만은, 그 아픔만은, 그 추악함만은 면하고 싶었다. (* 『나목』)

잎이란 잎은 하나도 남기지 않고 모두 떨군 채 1951년의 그 추운 겨울을 힘겹게 버티는 벌거벗은 나무… 내가 바로 그 가여운 나무였다.

그 모든 부끄러움을 나는 온몸으로 감당하면서 우리 가족이 먹고살 생활비를 벌었다. 당시 첫 월급을 받아들고 집에 돌아왔을 때의 풍경을 나는 소설 『그 산이 정말 거기 있었을까』에서 이렇게 썼다.

올케와 조카들을 내 힘으로 부양할 수 있게 되었다는 게 기뻐서 가슴이 벅찼다. 엄마가 가방을 열고 돈뭉치를 꺼냈다. 피엑스 포장지로 싼 양회 봉투 안에서 돈이 나왔다. 풀빛도 선명한 천 원짜리 돈다발이 네 개나 쏟아져 나왔다. 사십만 원이었다. 은행에서 갓 나온 새 돈이라 만져 보고 어림짐작한 것보다 훨씬 더 큰 액수였다.

"세상에, 이 많은 돈을 네가 벌었단 말이지?"

엄마는 눈에 눈물이 그렁하면서 입도 못 다물고 웃고 있었다. 올케도 믿어지지 않는다는 듯이 돈다발을 만져 보고 넘겨 보면서 얼굴 하나 가득 웃음이 번졌다. (…) 천 원짜리 돈다발이 퍼트린 시퍼런 생기가 고목나무에 물오르듯이 이 집을 변화시키는 게 눈에 보이는 듯했다.

그런데 바로 그 미군 PX에서 나는 내 인생의 소중한 사람 둘을 만났다. 한 사람은 내 남편이 되어서 내가 바라던 대로 평생 내 울타리가 되어주었던 호영진이었다. 어느 산문에서도 썼었지만, 나는 연애결혼을 했지만 사랑하는 남자와 같이 있고 싶어서라기보다는 전쟁으로 상처투성이가 된 우리 집을 면하고 싶어서 그 결혼을 했으며,(**산후우울증이 회복될 무렵.) 또 바라던 대로 그 모든 고통과 공포에서 벗어나(적어도 표면적으로는 분명히 그랬다.) 일상의 평온함을 얻었다. 그리고 또 한 사람은 그 시절에 나에게 부끄러움이 뭔지 또 자존감이 뭔지 일깨워주었던 박수근 화가였다. 내가 태어난 다음 해인 1932년에 조선

미술전람회(선전)에서 입상했으며 그 뒤로도 활발한 활동을 한 경력을 가진 화가였지만 가족을 먹여살리기 위해서 새파랗게 어린 여자아이에게 "박 씨"라는 반말짓거리를 당하던 그 춥던 광기의 겨울에도 꿋꿋했다. 나뭇잎 하나 달고 있지 않으면서도 언제나 그랬다. 그분의 그 존재감 덕분에 나는 그로부터 20년쯤 지난 뒤에 『나목』이라는 장편소설로 내 안에 갇혀 있던 문학적 열정의 물꼬를 틀 수 있었고, 그 뒤로도 40년 동안 작가로 살면서 수없이 많을 글을 쓸 수 있었다. (내 인생에 커다란 기둥으로 자리를 잡았던 이 두 사람의 이야기는 뒤에서 자세하게 돌아보기로 하겠다.)

　제2차 세계대전 이후 자유주의 진영과 사회주의 진영 사이의 대리전 성격을 띠고 발발했으며 결과적으로 한반도의 남북 분단을 고착화해서 내 고향 개풍군 박적골을 살아생전에 찾아가지 못하게 만들었던 6·25전쟁은, 나의 스무 살 무렵에 내 인생의 피륙을 싹둑 잘라서 그 행로를 전혀 예상하지 못하던 방향으로 돌려놓았다. 사실, 다른 사람들을 보더라도 인생이라는 것이 원래 그렇긴 하더라만….

4·19, 그리고 유신 시대와 민주화운동

    충신동 집에서 4 · 19를 맞았는데 (…) 이승만 대통령이 하야하자 사람들은 환희에 넘쳐 거리로 나왔는데, 나도 어머니 아버지의 손을 잡고 종로 거리로 나갔다. 찻길은 사람들의 물결로 가득 찼고 모두들 기쁨에 차 있었다. (…) 그때 어머니의 표정은 얼마나 기쁨과 자랑스러움에 넘쳐 있었던가. (…)

    1970년대는, 1970년 11월에 전태일이 청계천 평화시장에서 분신자살한 것을 시작으로 해서 정치 권력과 그 반대 세력, 또 자본가와 노동자의 투쟁의 연속이었다. 어머니의 일련의 단편들과 수필은 그런 와중에서 사람들의 정치적 무관심과 무감각을 꼬집었다. 그건 그만큼 어머니가 정치와 사회에 촉각을 곤두

세우고 있었다는 걸 의미하는 게 아닐까. 특히 1972년 10월 유신 이후 정치 권력의 서슬이 퍼럴 때조차 어머니는 가능한 방법으로 용기 있게 글로써 저항해 왔고, 어떤 때는 아슬아슬하게 느껴질 때도 많았다. 또 민주 투쟁을 하다가 억울하게 당한 사람들과 그 가족들에게는 물심양면의 지원과 관심을 아끼지 않았다. 어머니 나름의 투쟁 방법이었고 회피하거나 방관하지 않았다. (＊「행복한 예술가의 초상」, 『박완서 문학앨범』)

　수필가이자 내 딸인 호원숙이 1991년에 썼던 나의 연대기 가운데 한 부분이다.

　나에게는 나름대로 그런 정치적 관심과 결기가 있었다. 그랬기에 1974년 11월 18일에 "자유실천문인협의회 101인 선언"이라는 제목으로 발표되었던 선언에도 선뜻 이름을 올렸다.

　당시의 정치적인 분위기를 돌아보면⋯

　1973년 12월 24일 헌법개정청원운동본부가 발족하면서 유신헌법에 반대하는 전국적으로 고조되자 위기감을 느낀 박정희 대통령은 며칠 뒤인 1974년 1월 8일에 대통령 긴급조치를 발표하면서 탄압의 강도를 높였다. 그 탄압이 얼마나 엄중했던지 김지하 시인은 「1974년 1월」이라는 시에서 "1974년 1월을 죽음이라 부르자 / 오후의 거리, 방송을 듣고 사라지던 / 네 눈 속의 빛을 죽음이라 부르자 / 좁고 추운 네 가슴에 얼어붙은 피가 터져 / 따스하게 이제 막 흐르기 시작하던 그 시간 / 다시 쳐온 눈보라를 죽음이라 부르자"라고 절규했다.

각계각층에서는 유신에 반대하는 운동이 그해 내내 전개되었고, 이런 움직임은 문학계도 예외가 아니어서, 마침내 그해 11월 18일에 자유실천문인협의회(약칭 자실)가 '101인 선언'을 발표하면서 출범했다.

오늘날 우리 현실은 민족사적으로 일대 위기를 맞이하고 있다. 사회 도처에서 불신과 불의 부정과 부패가 만연하여 정직하고 근면한 사람은 살기 어렵고 거짓과 아첨에 능한 사람은 살기 편하게 되어 있으며, 왜곡된 근대화 정책의 무리한 강행으로 인하여 권력과 금력에서 소외된 대다수 국민들은 기초적인 생존마저 안심할 수 없는 지경에 이르고 말았다. (…) 우리 뜻있는 문학인 일동은 우리의 순수한 문학적 양심과 떳떳한 인간적 이성에 입각하여 다음과 같은 주장을 결의 선언하는 바이며, 이러한 우리의 주장이 실현되는 것만이 국민총화와 민족 안보에 이르는 길이라고 선언하는 바이다.

결의 1. 시인 김지하 씨를 비롯하여 긴급조치로 구속된 지식인, 종교인 및 학생들은 즉각 석방되어야 한다. (…)

5. 이러한 우리의 주장은 어떠한 형태의 영리 영략에도 이용되어서는 안 될 문학자적 순수성의 발로이며 또한 어떠한 탄압 속에서도 계속될 인간 본연의 진실한 외침이다. 1974년 11월 18일

1991년에 했던 어느 인터뷰에서도 말했지만, 1970년대라는 암울하던 시대에 나는 내가 직접 찾아가서 자실의 회원으로 가입했는데, 그때는 자실의 일원이라는 것만으로도 위안이 되고 긍지가 됐다. (*『작가세계』, 1991년 봄)

자유실천문인협의회는 1987년의 6월 민주화운동 이후의 정세 변화와 시대적 요구에 따라 그해 9월에 민족문학작가회의로 확대 개편되었고, 나는 1990년과 1991년에

고은 회장 체제에서 천승세 선생, 신경림 선생과 함께 부회장으로 선임되었다. 이 단체는 2008년에 명실상부하게 한국의 문학을 대표하도록 '민족'이라는 수식어를 떼어냈다.

1970년에 『나목』으로 마흔 살에 늦깎이로 문단에 데뷔했던 나로서는 문단 어느 자리에 얼굴을 내밀면서 내 의견을 적극적으로 주장하기에는 애매했다. 게다가 그렇게 하는 것은 내 성격에도 맞지 않았다. 그러나 남들 앞에 주동적으로 나서는 일은 잘 못하지만 (어쩌면 이런 성향은, 마르크스주의에 빠졌다가 남과 북 양쪽으로부터 모두 괴롭힘을 당하고 허망하게 죽은 오빠와 관련한 트라우마 때문일지도 모르겠다), 그래도 부끄러운 짓이나 정의롭지 못한 짓에는 남들과 나란히 서서 지적할 줄은 안다. 어쩌면 어린 시절 나를 온통 지배하고 가르쳤던 유교적인 도덕주의와 공동체주의가 여전히 내 정신을 붙잡고 있었기 때문이 아닐까 싶다. 이런 두 가지 감정 사이의 긴장은, 지금 와서 보니까 1990년 무렵에 썼던 어떤 산문에도 유교적인 관념의 원칙주의와 실용주의 사이의 긴장이라는 모습으로 고스란히 드러나고 있다.

　지금 또 한 번 민주주의의 꿈이 이룩될 수 있는 절호의 기회를 맞고 보니 혹시나 또 놓치면 어쩌나 불안한 나머지 아슬아슬하게 그걸 놓친 경험들이 주책없이 되살아나는 걸 어쩔 수가 없다. (…) 학원 문제도 그렇고 노사 문제도 그렇고, 극렬해질까 봐 조마조마하고 괜히 깜짝 놀라기도 한다. 행여나 우리의 꿈을 말살할 수 있는 트집이 될까 봐서이다. 트집 잡힌 수많은 경험 때문이다. (…) 이번만은 트집을 안 잡히기 위해 민주화의 꿈을 최소한으로 오므려야 할 것처럼 느끼고 자꾸만 잔소리가 하고 싶은 것도 무리가 아니다. 오므리는 건 퇴보나 양보하곤 다르다. (…) 만에 하나라도 꽃에 솔깃해 씨를 양보하지 않도록, 또는 민주주의 씨를 딴 가짜 씨와 바꿔치기 당하지 않도록 우리 모두는 뱀처럼 지혜로워져야겠다. 당장의 욕구는 한껏 오므리되 장차 꽃피울 민주주의의 이상은 한 치도 양보해선 안 된다. (*「민주화에 거는 첫 번째 꿈」)

　그런데 문단 내에서는 '순수'와 '참여'가 대립할 때도 있었고 또 나더러 어느 쪽이냐고 넌지시 혹은 대놓고 묻는 사람들도 있었다. 1980년대 권위주의 정권에 맞서서 자유실천문인협의회 활동을 할 때였다. 이문열 선생이 전두환 정권 편에 서서 목소리를 높이자 한쪽에서 그의 책을 불태우자는 여론이 들끓었는데, 나는 그건 아니라고 고개를 저었다. 그러자 "박완서는 아니다", "박완서는 맛이 갔다."라는 말이 나왔다.

그래서 이런 사람들 들으라고 어느 산문에서 나는 이렇게 썼다.

나는 참여도 좋아하고, 순수도 좋아하고, 심지어는 참여하고 순수하고 싸우는 것을 구경하는 것도 좋아한다. 그러나 나더러 참여냐 순수냐 그 어느 편에 속하냐고 물으면 아무것도 알 수가 없어지면서 다만 슬픔을 느낄 뿐이다. (* 「작가의 슬픔」)

이런 점과 관련해서는 나의 딸 원숙이도 이렇게 썼다.

어머니는 아무 편에도 서지 않았다. 가족이 모여도 의견이

첨예하게 달라질 수 있는데 어머니는 누구 편도 들지 않았다. (…) 어디에도 편을 들지 않는 균형감각과 판단력은 놀라웠다. (…) 누군가 자신의 지식이나 의견을 힘주어 말하고 있을 때 어머니는 이미 알고 있는 정보나 지식일 때가 많았다. 그래도 어머니는 끝까지 들어주었고 쉽게 누구를 평가하지 않았다.(＊『엄마는 아직도 여전히』)

유교적인 도덕주의와 공동체주의를 전제로 하는 이 중용의 태도는, 4장에서 설명하는 양반 의식에서 비롯된 것이다.

5월 광주의 어머니들과 참척의 고통

　　1988년, 올림픽으로 온 나라가 들썩거리던 바로 그 해에 남편과 아들이 차례로 세상을 떠났다. 남편은 암 진단을 받고 짧다면 짧고 길다면 긴 기간 내 곁에서 투병하다가 갔기에 그런가 보다 할 수 있었지만, 스물다섯이라는 새파란 나이에 사고로 갑자기 내 곁을 떠나버린 아들은 도저히 놓아줄 수 없었다. 그랬기에 세상과 하늘을 원망했다. 그즈음의 고통스러운 나날을 기록했던 일기 가운데는 이런 글도 있었다.

베개가 젖도록 흐느껴 울었다. 죽음이 왜 무시무시한지, 아

들의 죽음이 왜 이렇게 견디기 어려운지 정연한 논리로서가 아니라 폭풍 같은 느낌으로 엄습해왔다. (…)

내 아들이 죽었는데도 기차가 달리고 계절이 바뀌고 아이들이 유치원 가려고 버스를 기다리고 있다는 것까지는 참아줬지만 88올림픽이 여전히 열리리라는 건 도저히 참을 수 없을 것 같다. 내 자식이 죽었는데도 고을마다 성화가 도착했다고 잔치를 벌이고 춤들을 추는 걸 어찌 견디랴. 아아, 만일 내가 독재자라면 88년 내내 아무도 웃지도 못하게 하련만.(*『한 말씀만 하소서』)

그런데 세월이 조금 지나고 슬픔이 뒤로 물러나자 그때까지 보이지 않았던, 세상 어머니들이 겪었던 슬픔과 고통이 어쩐 일인지 제대로 보이기 시작했다. 1980년 전두환 군부 독재의 무자비한 진압에 희생된 광주민주항쟁 피해자들에 대한 연민과 공감을 말로만이 아니라 가슴으로 할 수 있었다, 그제야 비로소…. 그랬기에 1989년 5월에 어느 일간지에 이런 칼럼을 썼다.

작년에 사고로 아들을 잃었다. (…) 부끄러운 얘기지만 '광주 어머니들'의 설움과 원한이 남의 일 같지 않은 극심한 고통으로 다가온 것도 내 설움이 있고 나서였다. '어머니의 노래'는 그동안의 망각과 무관심에 대해 차라리 고문이었다. (…) 광주의 유족들은 아직도 진범의 얼굴을 모른다. 유족들이 원한을 풀고 싶어 하는 진범에는 사람의 얼굴과 함께 진상의 전모도 포함된다는 건 물론이다. 그러나 아직도 범인은 숨어 있고, 진상은 정치판의 흥정 대상으로 자기들끼리만 갖고 논다. (…) 마지막으로 어미의 배를 빌어 태어난 이 땅의 아들딸들이, 제발 죽지만 말아다오, 남을 죽일 위험이 있는 짓도 말아다오. 설령 네 목숨과 지상의 낙원을 바꿀 수 있다 해도 네 어미는 결코 그 낙원에 못 들지니.(*「어미의 5월, 광주의 5월」, 한겨레신문, 1989. 5. 25.)

사고사한 아들을 떠나보낸 아픔은 나 개인의 것이지만, 민주화운동 과정에서 죽임을 당한 아들을 떠나보내야 하는 수많은 어미를 바라보면서 나는 그들의 아픔에 공감했다. 이에 단편소설 「나의 가장 나종 지니인 것」에 이런 마음을 담았다. 이 소설의 주인공인 일인칭 화자는 1980년대 민주화운동의 희생자의 어머니인데, 민주화운동가족협의회(민가협)에서 만난 같은 처지의 사람들을 만나 열사가 된 아들을 자랑스럽게 여기며 또 그들로부터 위로를 받는다. 그러나 치유받지 못한 개인적·사회적 아픔에 통곡한다.

이제부터 울고 싶을 때 울면서 살 거예요. 떠내려갈 거 있으면 다 떠내려가라죠, 뭐. 아무렇지도 않은 것처럼 꾸미는 짓도 안 할 거구요. 생때같은 아들이 어느 날 갑자기 이 세상에서 소멸했어요. 그 바람에 전 졸지에 장한 어머니가 됐구요. 그게 어떻게 아무렇지도 않은 일이 될 수가 있답니까. 어찌 그리 독한 세상이 다 있었을까요, 네, 형님? 그나저나 그 독한 세상을 우리가 다 살아내기나 한 걸까요?

그 독한 세상을 살았다, 그 엄마들은, 또 나는, 그렇게 우리는….
내가 죽기 반년 전에 낸 산문집『못 가본 길이 더 아름답다』의 표제작에서도 썼던 표현인데, 돌이켜보면 내가 살아낸 세상은 연륜으로도, 머리로도, 사랑으로도, 상식으로도 이해 못 할 것 천지였다.

그래서 1995년에 썼던 소설 『그 산이 정말 거기 있었을까』의 '작가의 말'에서도 이렇게 썼었다.

"내가 살아 낸 세월은 물론 흔하디흔한 개인사에 속할 터이나 펼쳐 보면 무지막지하게 직조되어 들어온 시대의 씨줄 때문에 내가 원하는 무늬를 짤 수가 없었다. 그 부분은 개인사인 동시에 동시대를 산 누구나가 공유할 수 있는 부분이고, 현재의 잘사는 세상의 기초가 묻힌 부분이기도 하여 부끄러움을 무릅쓰고 펼쳐 보인다."

다시 한번, 우리가 그렇게 살았다.

상실의 고통과 심연에 대해서는 5장에서 트라우마라는 주제에 맞춰서 자세하게 살펴볼 것이다.

3장

나는
아줌마다

    결핍과 부재는 내 인생의 일관된 조건이자 내 인생과 문학의 동력이었다.

    언젠가 어떤 문예지에서 문인들을 상대로 설문조사를 했다. 이때 설문 항목 가운데 하나가 순우리말 중에서 가장 좋아하는 단어가 무엇이냐는 것이었다. 나는 '넉넉하다'라는 단어를 써서 냈다. 지금 가만히 돌이켜봐도, 결핍과 부재가 내 인생에서 얼마나 한이 되었으면 그랬을까 싶다.

    뼛골까지 한에 사무쳐본 여인, 또 그 한을 풀고자 이를 악문 채 눈물을 흘려본 여인, 그리고 마침내 원하던 것을 얻고서 손바닥이 부르터라 손뼉을 치며 좋아해본 여인, 그리고 또 다음 차례의 목표를 향해서 서슴없이 성큼성큼 다가가던 여인, 이런 여인을 나는 아줌마라고 부른다. 나도 아줌마다.

나는 아줌마라는 말이 참 좋다. 굳이 어원을 따져볼 필요도 없다. 아줌마라는 말을 입안에서 몇 번이고 가만히 되뇌면 어쩐지 온몸에 생기가 도는 것 같다. 어쩐지, 나의 어머니가 그랬듯이 나도 가족을 지키기 위해 지금 당장이라도 두 팔을 둥둥 걷어붙이고 기세등등하게 나서야할 것만 같다. 내 자식과 손자손녀들에게 맛있는 밥을 먹이고 깨끗한 옷을 입히기 위해서 지금 당장이라도 엉덩이를 털고 일어나서 부지런을 떨어야 할 것만 같다. 어쩐지 누군가와 한바탕 수다를 떨어대고 싶어 온몸이 근질거린다. 내 안에 억눌려 있던 온갖 감정을 쏟아내고 싶다. 세상의 온갖 것에 참견하고 싶다. 그렇게 다른 사람들과 소통하고 싶고 또 그렇게 다른 사람들로부터 위안을 받고 싶다. 또 그렇게 우리가 사는 세상을 안전하고 평화로운 세상 또 아름답고 웃음이 넘치는 세상으로 만들고 싶다.

나는 아줌마다. 누가 나를 여류 명사나 분단 시대를 상징하는 일류 작가라고 하고, 문학박사라고 하고(낯부끄럽게도 나는 2006년에 서울대학교가 주는 명예박사 학위를 받았다, 그 학교를 채 한 달도 안 다녔지만), 또 흔히 선생님이라고 부르지만, 아무리 생각해봐도 내 정체성을 가장 잘 드러내는 단어로는 '아줌마'만한 게 없다. 수많은 목숨이 허무하게 죽어갔던 그 끔찍한 전쟁통에 스무 살 정도의 어린 나이로 다섯 식구의 생계를 책임졌던 부지런함이며, 안온한 일상을 꿈꾸며 선택했던 결혼 생활에서조차도 딸 넷에 아들 하나를 2년 터울로 한 명씩 낳고 또 그어떤 남의 자식 부럽지 않게 잘 키워낸 부지런함이며, 또 가깝게는 친척이나 동네 사람들 이야기며 멀게는 험난한 세상을 함께 보냈던 우리나라 사람들 이야기를 소설로 또 산문으로 그렇게나 많이 풀어놓은 수다나 여기저기 떨어놓은 오지랖을 봐도 그렇다.

돌이켜보면 이렇게 아줌마로 살아온 나 자신이 자랑스럽고, 그렇기에 나를 이렇게 단단한 아줌마로 키워주신 내 어머니가 고맙다. 내가 보고 자라며 배웠던 나의 인생 모델은 나의 어머니였기 때문이다.

어머니는 힘이 세다

중편소설인 「엄마의 말뚝 2」에서도 썼던 사실인데, 여든여섯 살이던 어머니가 눈길에 미끄러져서 다리를 다쳐 수술을 받았고, 마취가 깨면서 헛것을 보며 허공을 향해 소리를 지르고 몸부림을 쳤다. 어머니는 1952년 1·4 후퇴 당시의 현저동 시절로 돌아가 있었다. 어머니는 수술을 마친 당신의 다리를 곧 인민군과 국군에게 번갈아 조리돌림당하다가 총살당하는 나의 오빠이자 당신의 아들로 착각해서, 그 아들을 보호하겠다는 마음에 자기 다리를 부여잡고 초인적인 힘으로 발광했다.

"군관 동무, 군관 선생님, 우리 집엔 여자들만 산다니까요."(…) 어머니는 그 다리를 어디다 숨기려는지 몸부림쳤다. 그러나 어머니의 다리는 요지부동이었다. (…) 어머니의 몸에서 수술한 다리만 빼고는 온몸이 노한 파도처럼 출렁였다. 그래서 더욱 그 다리는 어머니의 몸이 아닌 이물질처럼 괴기스러워 보였다. (…) "안 된다 이 노옴"이라는 호통과 "군관 나으리, 군관 선생님, 군관 동무"라는 아부를 번갈아 하며 몸부림치는 서슬에 마침내 링거줄이 주삿바늘에서 빠져 버렸다. 혈관에 꽂힌 채인 주삿바늘을 통해 피가 역류(逆流)해 환자복과 시트를 점점 물들였다. 피를 보자 어머니의 광란은 극에 달했다. (…) 어머니는 눈물이 범벅된 얼굴로 이를 갈았다. 틀니를 빼놓아 잇몸만으로 이를 가는 시늉을 하는 게 얼마나 처참한 것인지 나 말고 누가 또 본 사람이 있을까. 이게 꿈이었으면, 꿈이었으면. 어머니는 이 세상 소리가 아닌 기성을 지르며 머리카락을 부득부득 쥐어뜯다가 오줌을 받아내는 호스도 다 뜯어버렸다.

그렇게 어머니는 죽음을 불사하고 아들을 지키려고 했다, 일생을 바쳐서, 비록 실패했지만… 어머니는 힘이 세다.

*　*　*

앞에서도 말했지만, 어머니는 아버지가 시골살이의 무지함 속에서 어이없이 세상을 떠나자 아버지의 삼년상이 끝나자마자 그 무지한 양반놀음 시골살이에서 오빠를 빼내 서울로 가서 상업학교에 다니게 했다. 맏며느리가 집안 망쳐놓는다고 할아버지가 아무리 불호령을 내려도 막무가내였다.

집안 살림을 주관해야 하는 맏며느리가 저지른 이런 일탈 행위는 당시의 어른들에게는 용서할 수 없이 괘씸한 방자요 부덕이었다. 그래서 어려서부터 어른들이 어머니를 헐뜯는 소리와 서울서 지지리 고생만 하다가 초라한 몰골로 돌아오길 바라는 소리를 자주 들었다. 어른들이 말하는 서울이란 눈 감으면 코 베어가는 끔찍한 고장이었으므로 나는 어머니가 나까지 데려가길 바라기보다는 나만 시골에 남겨 둔 걸 여간 다행스러워하지 않았다.

하지만 그렇게 몇 년이 흐른 뒤에 내가 학교에 들어갈 나이가 되자 나까지 서울로 데려갔다. 현저동이었고, 사대문 밖이란 뜻의 '문밖'이라고 했다.

엄마는 골목으로 접어들었고 골목은 곧 깎아지른 듯한 층층다리로 변했다. 집들도 층층다리처럼 비탈에 다닥다닥 붙어 있어서 곧 쏟아져 내릴 것 같은 이상한 동네였다. 층층다리 양쪽도 다 그런 집들이었다. 집집마다 널빤지로 된 일각대문은 있으나마나 하게 살림살이를 거리로 발랑 드러내고 있었다. 오줌과 밥풀과 우거지가 한데 썩은 시궁창 물까지 층층다리 양쪽 가장자리의 파인 데를 흥건히 적시고 있었다.(★『그 많던 싱아는 누가 다 먹었을까』)

어머니는 서울의 여러 곳에 다녀왔는데, 그 동네는 방값이 제일 싼 곳이었다. 우리 식구가 발붙일 수 있는 유일한 곳이었다. 거기에서도 오가는 사람이 겨우 비비고 지날 만한 실 같은 골목을 한참이나 더 꼬불대며 올라간 끝에 마침내 가쁜 숨을 몰아쉬며 멈춰선 곳이 우리 집이었다. 깎아지른 듯한 비탈 동네라 대문 밖만 나서면 발밑으로 기와지붕, 초가 지붕이 급하게 곤두박질처 내리는 게 보였다. 그리고 저 멀리 한길엔 네 가닥의 검은 금이 그어져 있고 그 위로 전차가 다녔고, 전찻길 너머로는 '감옥소'의 긴긴 벽돌담이 보였다. 지금은 이 건물이 서대문형무소역사관으로 바뀌어 있다.

그 동네에서도 초가는 드물었지만 우리 집은 초가였다. 게다가 그 집도 온전하게 우리 집이 아니었다. 어머니와 오빠는 툇마루가 달린 문간방 하나에 세 들어 살고 있었다. 그 셋방에서 어머니는 바느질로 품을 팔면서 오빠를 상업학교에 보내고 있었던 것이다. 현저동 꼭대기에 있는 그 허술한 초가의 문간방을 보고 나는 여간 크게 실망한 게 아니었다. 나는 박적골에 있는 집에 가고 싶다고 칭얼대기 시작했다. 하지만 어머니는 단호하고도 간곡했다.

"우리의 꿈은 어떻게든 이 동네를 면하고 사대문 안으로 들어가서 '문 안' 사람이 되는 거야. 그리고 너는 공부 많이 해서 신여성이 돼야 한다. 그게 엄마의 소원이란다."

"신여성은 뭐하는 사람인데?"

"신여성은 공부를 많이 해서 이 세상의 이치에 대해 모르는 게 없고 마음먹은 건 뭐든지 마음대로 할 수 있는 여자란다."

나를 바라보는 어머니의 눈빛에 담긴 그 단호함과 간곡함에서 나는 어머니의 곡소리를 떠올렸다. 박적골에 살 때 어머니는 아버지의 삼년상이 끝날 때까지 아침마다 대청마루에서 흰옷을 입고 곡을 했다. 어머니의 애절한 곡소리가 은은하게 울려퍼지기라도 하면, 어쩐 일인지 내 눈에서도 저절로 눈물이 흘렀고, 그러면 나는 세상 깊은 슬픔과 외로움에 몸서리를 치곤 했었다. 아마도 어머니는 당신이 경험했던 상실과 박탈의 그 깊은 고통을 오빠에게 또 나에게 안겨주지 않으려고, 그런 것들로부터 우리를 지켜주려고 우리를 서울로 데리고 갔을 것이다. 상대적으로 편안했을 수도 있는 박적골 생활을 뒤로 하고 (그야말로 뒤도 돌아보지 않고!) 그렇게 굳이 서울살이의 고난을 선택한 것이다.

그때 여덟 살이던 나는 이런 깊은 사실까지는 미처 생

각하지 못했지만, 어머니의 눈빛에 담긴 그 단호함과 간곡함 앞에서는 어쩐 일인지 저절로 고개가 숙여지고 고집이 꺾였다. 어머니가 우리를 위해서 희생한다는 사실만큼은 분명했기 때문이다.

하지만 그래도 나는 아직 어렸고, 그랬기에 서울살이를 시작한 뒤로 나는 툭하면 박적골 집으로 돌아가자고 칭얼댔다. 어머니는 그때마다 내가 신여성이 되는 게 자신의 소원이라고 말했다. 그러면 나는 어머니의 곡소리를 떠올리고 또 그 곡소리의 진동을 피부로 느끼면서 엄마를 배신할 수는 없다고, 엄마가 바라는 대로 신여성이 되어야겠다고 다짐했다.

그렇게 어머니는 힘이 셌고, 나는 어머니의 뒤를 따라서 씩씩하게 신여성의 길을 찾아서 걸어갔다. 나의 이런 모습은 그 뒤로 줄곧 이어졌고, 마침내는 우리 집안의 가풍이 되어버렸던 모양이다. 나의 딸인 원숙이가 회상하는 자기 외할머니나 집안 분위기를 봐도 그렇다.

우리 집안 전체가 그랬다. 공부가 제일 중요하다고 여겼다.

큰 부자는 아니어도, 자기가 자립하려면 공부밖에 없다는 분위기였다. 공부하는 사람은 우대를 받았다. 시험이 닥쳤거나 하면 항상 집에서 제일 대접을 잘 받았다. 좋은 것도 먼저 주고 그랬다. (★「인터뷰─내 어머니 박완서… 지금도 여전한」, 조선일보, 2015. 2. 28.)

어머니는 결핍과 부재를 극복하기 위해서 우리에게 해 줄 수 있는 것은 공부 뒷바라지뿐이라고 생각했다. 그렇게 해서 내가 신여성의 길을 찾아서 맨 처음 걸었던 길은 요즘으로 치면 위장전입이었다.

엄마는 우리가 가난하니까 문 밖에서 살 수밖에 없지만 학교는 문 안에 있는 좋은 학교에 가야 한다고 했다. 그때는 국민학교도 의무교육이 아니어서 시험을 치고 들어가야 했고, 지금의 학군제처럼 거주지에 따라서 입학할 학교가 정해져 있었다. 하지만 어머니는 이미 우리 주소를 사직동에 있는 친척 집에 옮겨놓고 있었다. 그렇게 어머니가 정해놓은 내 학교는 매동국민학교였다. 현저동에서 그 학교까지 가려면 인왕산 자락의 산 하나를 넘어야 했다. 사람의 왕래가 드문 그 횅한 길을 답사하면서 어머니는 길을 벗어나서 숲으로 들어가면 문둥이들을 만날 수도 있지만, 문둥이가 애들을 잡아다가 간을 빼먹는다는 말을 믿지 말라고 했다. 좋은 거고 나쁜 거고 간에 한눈팔지 말고 앞만 보고 걸으라고 했다.

다행히 나는 엄마의 바람대로 합격해서 매동초등학교 학생이 되었고, 엄마는 이 소식을 마치 과거 급제처럼 과장해서 시골에다 알렸고 시골에서도 둘밖에 없는 손자손녀가 서울에다 뿌리를 박은 바에야 며느리한테 너무 인색하게만 굴 수 없다고 판단하고 돈을 마련해줬다. 그러나 이 돈도 서울에서는 크지 않은 돈이었다. 그래서 어머니는 집값의 절반을 금융조합에서 융자받아서 현저동 꼭대기에 있는 집을 샀다. 우리가 세들어 살던 집에서도 오르막길로 한참을 더 올라가 인왕산 턱 밑에 있는 집이었다. 안방, 마루, 건넌방, 부엌, 아랫방, 대문간이 있는 총 여섯 칸짜리 작은 집이었지만, 그래도 어엿한 기와집이었다. 마당이 네모나지 않고 삼각형인 게 흠이었지만, 엄마는 이 마당을 '우리 괴불마당'이라는 애칭으로 불렀다.

괴불은 어린이들이 한복 주머니 끈 끝에 차는 삼각형 모양의 노리개다.

이사 간 날, 첫날 밤에 엄마와 나와 오빠가 나란히 누운 자리에서 엄마는 감개무량한 듯이 말했다.

"기어코 우리가 서울에 말뚝을 박았구나."

힘이 센 어머니가 서울에다 기어코 말뚝을 박았다.

어머니는 그 말뚝에 줄을 매고 우리를 단단히 묶어서, 우리가 급류에 휩쓸려가지 않도록 잡아주었다. 오빠와 나는 그렇게 엄마의 가르침과 바람대로 사회적 계층의 사다리를 하나씩 디디고 올라갈 준비를 해나갔다. 오빠가 학교를 졸업한 뒤에 총독부에 취직한 것도 그랬고, 총독부에서 나와 와타나베철공소에 취직하고 또 징용 영장을 받았지만 회사가 힘을 써줘서 징용당하지 않은 것도 사회적 계층의 사다리를 타고 조금은 위로 올라가 있었던 덕분이었다.

그러나 (오빠 경우도 마찬가지였지만) 나의 활동 반경은 말뚝에 매인 그 줄의 길이까지였다. 그 너머로는 나아갈 수 없었다. 그 한도는 장차 내가 성인이 되고 또 작가가 되어서 글을 쓰고 사회적 활동을 할 때 내 인식과 활동의 한계까지도 결정했다.

그래서 어떤 사람들은 내가 철저한 페미니즘 작가가 아니라 그저 흉내만 내는 얼치기 여성주의자라면서 실눈을 뜨고 나를 바라보았고, 또 어떤 사람들은 철저한 진보주의자가 되지 못하고 어중간하게 양다리를 걸치는 기회주의적인 '꼰대'가 아닐까 하고 고개를 갸웃했으며, 또 어떤 사람들은 입심만 좋을 뿐 중산층의 한계를 가진 작가라고도 했다.

딱히 틀린 말은 아니다. 하지만 그렇다고 해서 그렇게만 매조질 수만은 없다. 그렇게 하면, 내 또래 수많은 '아줌마'들이 남자가 없거나 부족한 환경에서 힘겹게 버티며 살아왔던 인생의 귀한 알갱이들을, 말짱하고 사려 깊으며 야무진 그 모든 것을 놓쳐버릴 것만 같다. 그래서는 안 될 것 같다. 이에 대해서는 이 얘기는 뒤에 이어지는 절에서, 또 4장에서 자세하게 이야기하겠다.

아줌마의 힘,
보석처럼 빛나던 나무와 여인

　1965년 10월이었다.

　박수근 화백의 유작전이 열린다고 했다. 그 신문 기사를 읽는 순간 가슴이 덜컥 내려앉았다. 1·4후퇴 후 그리고 9·28수복 후의 불안하고 혼란스러운 시기에 그는 미군 PX 초상화부에서 미군을 상대로 스카프나 손수건에 애인이나 아내의 그림을 그려서 팔았다. 그렇게 함께 생계를 꾸렸던 동료였던 그의 갑작스러운 소식이 당혹스러웠다. 오빠가 죽은 뒤에 가족의 생계를 책임지느라 감당했던 그 처절하고 고달프던 초상화부 생활에서 도망치는 심정으로 결혼을 해서 10년 동안 아이 다섯을 낳고도 두 해나 더 지난 시점이었다. 나는 잘생기고 돈 잘 버는 남편 덕분에 남부끄러울 것 없이 평온하고 행복한 중산층의 일상을 살고 있었지만, 갑자기 예전의 그 궁핍하고 암울하고 끔찍하던 시절, 그 잊고 싶은 비밀 아니 애써 잊고 있던 비밀을 갑자기 드러내야 할 것만 같은 느낌에 순간적으로 몸서리가 쳐졌다.

그러나 나는 그의 유작전을 찾아갔다. 어쩐지 그래야만 할 것 같았다. 그에게 빚을 진 것 같았고, 그 빚을 갚는 시늉이라고 해야 할 것만 같았다. 아니 사실 그보다는, 그 십여 년의 세월 동안 잊고 살았던 내 인생의 정체성을 남몰래 살짝 돌아보고 싶었을지도 모른다.

그의 유작전에서 만난 그림들도 앙상한 나목들이 대부분이었다.

그는 왜 꽃이 피거나 잎이 무성한 나무를 그리지 못하고 한결같이 잎 떨군 나목만 그렸을까? 그 나무 곁을 지나는 여인들은 왜 하나같이 머리에 뭔가를 무겁게 이고서 바쁘게 걸어가지 않으면 아이라도 업고 있었을까?

어떤 산문에서도 썼던 얘기지만, 유홍준 교수는 박수근 그림에 나오는 여자들은 거의 일하는 여자들인데 남자들은 우두커니 앉아 있지 않으면 놀이를 하고 있다고 말했다. 예리한 지적이다. 하지만 이건 화가 박수근의 여성관이라기보다는 그가 그림을 왕성하게 그리던 1950년대와 1960년대 초반의 우리나라 시대상이었다. 남자들은 일하고 싶어도 일자리가 없었다. 전쟁 중이었거나 전쟁이 끝났다고는 하나 일자리가 창출되지 않아 곤궁하고 암울한 시대, 희망 없는 시대였으니까 말이다.

그래도 여자들은 희망을 잃지 않았다. 날품팔이라도 해서 열심히 식구들 먹을 것을 날랐다. 겨울나무들 곁을 지나가는 여인들의 걸음걸이는 그래서 서두르는 기색이 역력하다. 그러나 결코 궁상맞아 보이지 않는다. 지금 비록 헐벗었지만 열심히 봄을 준비하고 있는 나무가 곁에 있기 때문이다. 만약 (박수근의 그림에서) 나무 곁에 여인들이 없었어도 그 이파리 하나 없는 나무가 그렇게 살아 있는 나무로 보일 수 있었을까. 나무와 여인은 똑같이 봄이 멀지 않다는 희망을 잃지 않음으로써 서로 그렇게 조화롭다.(＊「우리가 잃어버린 진정 소중한 것」, 『노란집』)

　　나는 십여 년 만에 그림으로 만난 박수근 화가에게서 그런 사실을 깨달았다. 그리고 내 어머니로부터 이어지던 내 정체성을 확인했다. 그림 속의 그 여인네들은 바로 내 어머였고, 미군 PX 초상화부에서 일하던 나였으며, 또 갓난애를 업고 옷 장사를 하던 내 올케였다. 그랬다, 우리는 또 나는 씩씩하고 힘이 센 '아줌마'였고, 그 사실은 결코 부끄러운 게 아니었다. 애초에 소설 『나목』을 쓸 때는 고난의 시절을 살아가던 한 예술가를 증언하고자 했지만, 소설을 쓰면서 나는 나의 정체성을 확인했고, 또 그 과정에서 내 마흔 살의 무사안일과 나태를 떨쳐내면서 새롭게 태어날 수 있었다. 그때 고등학생이던 딸 원숙의 눈에도 그렇게 비쳤던 모양이다.

　　엄마가 글을 쓰게 된 것은 비밀스러운 일이 아니었다. 그 전 해이던가, 엄마가 아버지의 저녁상을 차리면서 하신 말씀이 기억난다. "언젠가는 박수근 이야기를 쓸 거야. 피엑스에서 미군들 초상화 그리던 이야기를 쓸 거란다. 아버지와도 피엑스에서 잘 알던 분이었단다." 그건 결심 같기도 하고 예고 같기도 했다. '마치 다음에는 시험 잘 볼 거야.' 하는 아이들의 일상적인 다짐과 같이 자연스러운 것이었고, 식구들은 엄마가 언젠가는 글을 쓰리라는 걸 믿고 있었다.(＊『엄마는 아직도 여전히』)

내 정체성을 확인시켜 주었으며 또 그 뒤로 소설가라는 이름으로 40년을 살게 해준 『나목』이 나에게는 그토록 소중한 존재였기에, 나는 1985년 9월에 재출간되던 이 소설의 '작가의 말'에 다음과 같이 썼다.

요새도 나는 글이 도무지 안 써져서 절망스러울 때라든가 글 쓰는 일에 넌더리가 날 때는 『나목』을 펴보는 버릇이 있다. 아무 데나 펴들고 몇 장 읽어내려가는 사이에 얄팍한 명예욕, 습관화된 매명(買名)으로 추하게 굳은 마음이 문득 정화되고 부드러워져서 문학에의 때 묻지 않은 동경을 돌이킨 것처럼 느낄 수 있으니 내 어찌 이 작품을 편애 안 하랴.

이 소설은 나의 분신이다. 그리고 나는 이 소설책을 보거나 만질 때만 늘 '아줌마'라는 단어를 떠올린다. 결핍과 부재는 내 인생의 일관된 조건이자 내 인생과 문학의 동력이었다. 뼛골까지 한에 사무쳐본 여인, 또 그 한을 풀고자 이를 악문 채 눈물을 흘려본 여인, 그리고 마침내 원하던 것을 얻고서 손바닥이 부르터라 손뼉을 치며 좋아해본 여인, 그리고 또 다음 차례의 목표를 향해서 서슴없이 성큼성큼 다가가던 여인, 이런 여인을 나는 아줌마라고 부른다. 그리고 나는 아줌마였다.

1965년의 그 유작전 이후 45년이라는 세월이 흐른 뒤인 2010년 5월에 '박수근 45주기전'이 열렸다. 나는 다시 그의 작품 앞에 섰고, 특히 「나무와 여인」 앞에 오래 머물렀다. 그리고 집으로 돌아와 「보석처럼 빛나던 나무와 여인」이라는 산문을 썼다.

남자들은 일자리가 없고, 그 대신 여인들이 두 배로 고달팠던, 그러나 강한 여인들은 결코 절망하지 않고 전후의 빈궁을 온몸으로 감당하고 사는 모습이 그의 선한 눈엔 가장 아름다워 보였을 것 같다. 그래서 오래오래 남기고자 화폭을 돌 삼아 돌을 쪼듯이 힘과 정성을 다해 그린 게 아니었을까. 여인들이 바쁘게 지나가는 길목마다 나목이 서 있다. 조금만 더 견디렴, 곧 봄이 오려니 하는 위로처럼, 그와 내가 한 직장에서 보낸 그해 겨울, 같이 퇴근하던 혜허의 서울에도 나목이 된 가로수는 서 있었다. 내 황폐한 마음엔 마냥 춥고 살벌하게만 보이던 겨울나무가 그의 눈엔 어찌 그리 늠름하고도 숨 쉬듯이 정겹게 비쳐졌을까. (…) 나는 좀처럼 나의 작은 보석 앞을 떠나지 못했다.

나는 그 유작전에 다녀온 지 다섯 달 뒤에 담낭암 판정을 받았고 석 달 동안 투병한 끝에 죽었다.

페미니즘… 내가 여성주의 작가라고?

"소위 페미니즘 소설을 우리 문단에서 이야기할 때에는 반드시 그 대표적 작가로 선생님이 거론되곤 합니다. (…) 선생님께서 이처럼 여성 문제를 소설로 쓰게 된 직접적 동기는 무엇인지요?"

1990년에 했던 어느 인터뷰에서 문학평론가이자 시인이던 사람이 나에게 했던 질문이다.

또 1980년과 1981년 그리고 1991년에 한 편씩 썼던 「엄마의 말뚝」 연작을 두고 어떤 평론가는 2008년에 이렇게 말했다.

「엄마의 말뚝」 연작은 우리 시대 '억척 어멈'의 삶의 기록, 그 것도 나라가 식민지로 전락한 시기부터 해방과 한국전쟁, 그리고 그 이후 지금까지 지속되는 분단의 현실을 살아온 한 여성의 삶의 기록이다. 그래서 이 연작에 대한 여러 비평들은 한국 근대사와 여성, 혹은 더 나아가 역사와 여성의 상관성에 대한 규명으로 이어지고 있다. (…) 이 작품의 주인공이 보여주듯 우리 시대 어머니들의 몸과 마음은 그야말로 한국 근대사의 진행 과정이 고스란히 각인되어 살아 있는 육체이자 표본이어서 페미니즘의 다양한 문제의식들을 살펴보기 좋은 텍스트이다. (*김경수, 「여성 삶의 복원에 대하여」, 『박완서 문학 길찾기』)

한마디로 말하면, 「엄마의 말뚝」 연작이 우리 시대 여성이 한국 근대사에서 페미니즘의 문제의식들을 살펴보기 좋은 텍스트라는 말이다.

하지만 「엄마의 말뚝」 연작이 혹은 더 나아가서 내가 쓴 다른 소설이나 산문이 페미니즘을 지향하거나 주장하는 글은 아니다. 그런데 이런 비약이 자주 일어난다. 내 소설이 이러저러하다고 규정하고 평가하는 것은 읽는 사람들의 자유다. 이삼십 년 전만 해도 여성 작가가 많지 않았고 또 여성 작가라고 하더라도 여성을 주인공으로 설정하는 경우가 많지 않았던 터라서 내가 눈에 띄었고, 그래서 나를 그렇게 바라보기 쉬웠을 것이다. 내 소설을 연구 대상으로 삼은 석사나 박사 학위논문만 봐도 '여성'이라는 주제에 초점을 맞춘 것들이 왜 그렇게 많은지 모르겠다. 하지만 단호하게 말하지만, 나는 여성주의 작가가 아니다. 나를 그렇게 바라본다면 오해이다. 적어도 내가 판단하기에는 그렇다.

이런 태도를, 1990년의 그 인터뷰어 질문에 나는 다음과 같이 답했다.

사람들이 저를 페미니즘 소설가로 불러주는 것을 어쩔 수는 없지요. 그러나 앞으로 꼭 페미니즘과 관련한 문제만을 다룰 생각은 없어요. (…) 여성 문제를 소설화하는 일은 제게 중요하고 어찌 보면 당연한 일이기도 합니다. (…) 여성 문제 역시 제게는 그 부당함과 억울함을 고발하고 증거하지 않으면 안 될 문젯거리로 와닿았고, 더욱이나 제가 여성이라는 사실은 이 문제를 보다 심각한 것으로 받아들이게 했지요. 이처럼 제가 여성 문제를 소설화한 데에는 어떤 직접적 동기가 있다기보다 그동안 내가 여성으로서 보고 듣고 체험한 내용 자체가 자연스럽게 소설로 이야기되었다고 보는 것이 타당합니다. (*『문예중앙』, 1990년 여름호)

　　한 해 뒤에 다른 인터뷰에서도 비슷한 질문을 받고 이렇게 대답했다.

　　저는 이념이 먼저인 작가는 아닙니다. 날 자꾸 페미니즘 쪽으로 몰아가는 것 같은데… 억지로 무슨 주의를 붙이자면 난 그냥 자유민주주의자예요. (…) 사람이 사람을 억압하는 사회가 싫은 거죠. 남자가 여자를 억압하는 사회도 싫고, 여자가 남자를 억압하는 사회도 싫어요. (*『문학정신』, 1991년 11월호)

　　『작가세계』 2000년 겨울호에 내 인터뷰 기사가 실렸는데, 이때의 인터뷰어는 내 소설에 '남성이 없다'는 지적이 있다면서 이것이 오빠의 죽음이라는 개인적 체험에 따른

결과로 보아야 할지, 아니면 우리 사회 전체의 상황에 대한 나 나름의 판단을 문학적으로 형상화한 것으로 보아야 할지 물었다.

어쩌다 보니까 그렇게 된 것이냐, 아니면 글쓰기에 관해서 고도로 정교한 전략·전술적 노선과 기술을 의도했기에 그렇게 된 것이냐는 질문이었다. 어떻게 보면 우문(愚問)인 것 같고 어떻게 보면 현문(賢問)인 것 같다. 그때는 그 질문에 박수근 화백의 그림을 언급하면서 빈둥거리는 남자와 열심히 일하는 여자를 예로 들어서 어쩌고저쩌고 대답했지만, 그 질문 자체에 대한 대답은 지금도 단 하나로 분명하다. 내 소설에 남성이 없는 것은, 일찍 돌아가신 아버지를 제외하더라도 내 주변에 있던 남자인 오빠와 숙부가 모두 전쟁의 흉포한 소용돌이 속에서 죽임을 당하고 없었기 때문이다. '남성 부재'라는 장치를 우리 사회를 형상화하기 위한 장치로 의도적으로 설정하지 않았다는 말이다. 그러므로 그 질문이 내가 5장에서 적극적으로 설명하고자 하는 '나 박완서 자체가 소설이다.'라는 명제를 염두에 두고서 내가 살아가는 인생과 내 소설의 관계를 묻는 것이었다면 현문이고, 그게 아니었다면 너무도 당연한 대답을 기대하는 우문이었다.

누가 나나 나의 소설을 '여성 ↔ 남성'이라는 예리한 대립을 전제로 하는 페미니즘에 가두려고 한다면, 나는 분명히 그렇지 않다고 말하겠다. 어떤 평자나 논자가 그렇게 판단하는 것이 그들의 자유이듯이, 그렇지 않다고 말하는 것도 나의 자유다.

여성운동 혹은 페미니즘 논의와 관련한 나의 태도에 대해서는 이미 1970년대 초에(그러니까 작가로 데뷔하고 몇 년 지나지 않았던 시점에) 썼던 어떤 산문에서도 분명히 밝혔다.

아직은 우리나라에선 소수를 빼고는 대부분이 가난하고 가난한 사람들이란 거의 인간답게 생활할 권리를 박탈당한 채 겨우 생존만 하고 있는 실정이다. 이러한 때, 성급하게 여권 문제를 떠들어댐은 남들은 밥도 제대로 못 먹었는데 한쪽에선 디저트가 어찌구 하며 배부른 시비를 벌이고 있는 것과 흡사한 느낌이다. (*「여권운동의 허상」)

사실 이런 태도나 관점은, 내가 만약 지금의 2020년대까지 계속 살아서 활동한다고 해도 여전히 유지하고 있을 것 같다. 지금도 가난한 사람은 널려 있으니까 말이다. 이런 나를 두고 혹시 누군가가 새초롬한 눈으로 쏘아보면서 이렇게 물을지도 모르겠다.

"그렇다면 선생님은, 남성이 여성보다 우월한 지위에서 더 나은 사회문화적 혜택을 누린다는 사실에 분노를 느끼지 않습니까?"

"일할 권리나 육아의 부담 등에서 여성에게 족쇄를 채우는 그들의 논리를 깨야 하지 않겠습니까?"

"그들이 가진 특권을 빼앗아야 한다고 생각하지 않습니까?"

그러면 나는 이렇게 대답하겠다.

"당신은 당신이 지키고 싶은 사람을 위해서 희생하지 않겠다는 말인가? 그게 아니면, 당신에게는 그런 사람이 없는가? 당신은 혼자인가? 하지만 나에게는 사랑하는 사람이 있다. 가족이 있고, 이웃이 있고, 우리가 함께 지켜야 할 가치가 있다. 이런 것들을 위해서라면 나는 언제든 내 몸을 던져 기꺼이 희생하겠다. 나의 어머니가 그랬고, 또 나도 그렇게 살았다. 나의 자유는 내가 속한 가족과 사회의 자유다."

나는 아줌마이기 때문이다. 아줌마의 수다를 좋아하고 아줌마의 오지랖을 즐겨 떨며 살았기 때문이다. 길을 잘못 들어 안방으로 들어온 참새까지도 창문을 닫고 잡아 화롯불에 구워서 알뜰하게 자식에게 먹이는 양식으로 삼으셨던 어머니의 그 소중한 가치를 어떻게 '여성 ↔ 남성'이라는 예리한 대립각의 틀 안에 가둬놓을 수 있겠느냐는 말이다.

그 옛날 어머니가 나에게 신여성이 되라고 하면서 "신여성은 공부를 많이 해서 이 세상의 이치에 대해 모르는 게 없고 마음먹은 건 뭐든지 마음대로 할 수 있는 여자란다."라고 하셨는데, 내가 바로 그 신여성으로 살았다. 비록, 공부를 많이 하지는 못했지만, 나와 같은 세월을 살았던 이 땅의 수많은 아줌마가 그랬듯이 나는 내가 해야만 하는 것은 뭐든지 해냈다. 왜냐하면, 그렇게 해야만 버티고 살아남을 수 있었기 때문이다.

　1991년의 어느 일간지 인터뷰에서 나는 "엄마의 도도한 고집과 오만한 자존심, 변화에의 열망과 복고에의 집착이 뒤섞인 설명할 수 없는 성격은 그대로 나의 것이 되었다."라고 말했는데, 그 '설명할 수 없는 성격'은 바로 '아줌마 정신'이 아닐까 싶다. 이 정신은 나의 딸들에게도 이어진 것 같다. 큰딸 원숙이가 내가 세상을 떠날 즈음에 병상에서 읽어주었던 글을 보면 그렇다.

　"양쪽 젖을 골고루 빨려야 된다. 나중에 짝짝이 젖이 되지 않으려면, 한번 빨릴 때 충분히 빨려야 한다."

　(…) 어머니의 육아법은 나에게 고스란히 전수되었다. 어머니는 아기 젖을 먹여서 유방 모양이 나빠질까 봐 젖을 먹이지 않는 여자들을 혐오했다. 여자 젖이 뭐하려고 있는 거냐? 그리고 다섯 아이를 젖 먹여 길렀지만 가슴이 늘어지지 않은 건 젖을 잘 먹였기 때문이라고 하셨다. 젖이 퉁퉁 불었다가 아기가 젖을 충분히 먹고 나면 젖이 말랑말랑해지고 아기는 쌔근쌔근 잠이 들고. (★「젖 먹여 키운 아이」, 『엄마는 아직도 여전히』)

그런데 사실 나의 이런 '아줌마 정신'은 어쩐지 내가 어릴 적에 정신적으로 세례를 받았던 양반 의식으로 물들어 있으며 또 나의 어머니와 내가 줄곧 지향했던 중산층의식과도 이어져 있는 것 같다. 여기에 대해서는 4장에서 자세히 살펴보도록 하겠다.

* * *

　　2019년에 나의 문학정신을 기리겠다는 취지로 『멜랑콜리 해피엔딩』이라는 소설집이 출간되었다. 민망하기도 하고 또 내가 더는 글을 쓰고 책을 낼 수 없다는 사실이 섭섭하긴 하지만 그래도 기분은 좋다. 그런데 이 책의 첫 부분인 '박완서 선생을 기억하며'에는 이 소설집에 작품을 실은 작가 서른다섯 명이 짧게 한 마디씩 내 이야기를 한다. 그 가운데 하나가 특히 눈에 띈다.

　　"여성에게 삶의 매 순간이 투쟁임을, 문학이 순응이나 타협

이 아니라 격렬한 싸움임을, 박완서 선생만큼 평생 온몸으로 체현하며 살았던 사람이 있을까. 참혹함을 외면하지 않고 정면으로 노려보는 용기와 그것을 끝내 자신의 문장으로 써내는 힘을 경외심을 품고 바라보게 된다."(* 윤이형)

　아줌마의 투쟁이라는 문구와 그런 이미지들이 연달아 떠오른다. 내 인생과 내 글이 어쩐지 그랬던 것 같기도 하다. 그렇게 알아봐줘서 고맙다.

4장

나는
중산층이다

중산층이야말로 인간다운 삶을 영위할 수 있는 최저 계층이다.

우리는 중산층이 되고자 안간힘을 쓰면서 '잘살아보자'를 외쳤었다. 그런데 이 '잘살아보자'가 차츰 '어떡하든 잘살아보자'로 바뀌었고, 그러다가 나중에는 '수단, 방법 가리지 말고 잘살아보자'로 돼버렸다.

내가 소설에서 그리고자 한 것은 전쟁의 비극이 아니라 풍요의 비극이었다. 그러니 나를 놓고 중산층의 한계를 이야기할 게 아니라 애초에 내가 의도하고 또 줄곧 거기에 맞추어서 실천해왔던 중산층의 가치관에 초점을 맞추어서 나와 내 문학 이야기를 해주면 좋겠다.

나도 한때는 귀여운 여자였다

전쟁이 끝나기도 전이던 1953년 4월에 결혼했다는 얘기는 앞에서도 했었다. 그때 내 나이는 스물두 살이었다. 뒤엉킨 사체들의 역겨움과 죽음 그리고 이념 투쟁의 공포를 코앞에 두고서 살아야 하던 일상이 끔찍해서, 그 모든 것에서 자유롭고 싶어서, 마침 나를 사랑해주던 사람이 있어서 그 남자의 청혼을 받아들여 결혼했다는 얘기도 했었다.

그때의 이야기를 딸 원숙이는 1992년에 『박완서 문학앨범』에 나의 연대기를 쓰면서 다음과 같이 적었다. 딸은 그동안 내가 쓴 글뿐만 아니라 4년 전에 죽은 제 아버지 그리고 또 그전에 돌아가신 제 할머니와 외할머니를 비롯한 어른들에게서 들은 이야기를 바탕으로 그 연대기를 썼던 모양이다.

　아직 전쟁이 끝나지 않았고 제대로 된 예식장도 없었던 때라 아서원이라는 시내의 중국음식점에서 결혼식을 올렸는데 그때로서는 호화스러웠다. 아버지는 검정 예복에 나비 넥타이를 맸으며 어머니는 흰 명주 한복에 면사포를 썼다. 그리고 남자 친구 들러리와 여자친구 들러리, 아이 들러리가 뒤를 따랐다. (…) 그 당시로서는 드물게 영화 필름으로까지 기록해 놓았다.

　피로연을 곁들인 호화판 결혼식이었고 신혼여행은 간신히 도강증을 끊어 인천으로 가셨다고 한다.

　아버지는 결혼식과 신접살림에다가 최고의 정성과 돈을 쏟아부었다. 아버지는 어머니와 결혼하겠다는 일념으로 모든 반대와 어려움을 물리치고 신부를 싸 데려왔고, 처갓집의 살림까지도 말없이 뒤로 도움을 주었다. 그럴 수 있을 만큼 재력도 있었고 무엇보다 사랑으로 가득 차 있었다. (★「행복한 예술가의 초상」)

새색시 시절에 나는 남편을 졸라서 노리다케라는 브랜드의 도자기 그릇들도 샀는데, 여기에 대해서도 원숙이는 2015년에 낸 자기 산문집에서 다음과 같이 적었다.

노리다케 도자기 그릇들은 엄마가 새색시 때에 아버지를 졸라서 사 오신 홈세트이다. 지금으로 말하면 명품 브랜드라고 할까. 요즘 눈으로도 그 디자인이 미려하고 세련되어 감탄하곤 한다. (…) 신혼 초의 엄마가 이웃집 새댁이 가진 노리다케가 부러워 아빠를 졸랐다는 게 재미있다. 엄마가 한때는 귀여운 여자였다는 것이 미소를 번지게 한다.(*『엄마는 아직도 여전히』)

딸의 기억에 따르면 나는 날마다 요리를 했다. 남편은 퇴근하고 집에 와선 저녁상에서 저녁을 먹으면서 늘 반주를 했는데, 그 술상에 나는 언제나 별식을 해서 올렸다. 그러느라고 일제강점기에 나온『요리제법』이라는 책은 내 곁을 떠나지 않았다. 결혼하기 전에는 음식이라고는 해본 적도 없었고 배운 적도 없었지만 나는 음식을 만드는 게 좋았다. 또 내가 만든 음식을 남편에게 또 줄줄이 낳은 다섯 아이에게 먹이는 게 그렇게 행복하고 좋았다.

그리고 막내가 초등학교에 입학할 무렵에 장편소설 공모전에서 『나목』이란 소설로 당선되었고, 그 뒤로 소설이든 산문이든 꽁트든 '어마어마하게 많은'(이건 사람들이 했던 표현이다.) 글을 썼으며 또 내놓는 글마다 독자들이 좋아하며 찾았다. 아이들은 모두 남부럽지 않게 반듯하게 잘 자랐고, 나는 이런저런 상도 많이 받으면서 작가로서 성공했다. 그동안 비록 가까운 사람들이 세상을 떠나는 아픔도 있었지만, 그런 것들이야 내가 어떻게 할 수 있는 일이 아니었으니 따로 빼놓고 생각한다면, 결혼 뒤로 내가 걸어온 인생은 그야말로 탄탄대로였다. 채 스무 살도 되지 않던 때부터 시작해서 스물두 살 때까지 이어졌던 그 끔찍하던 시절에 비하면 행복 그 자체였다. 물질적으로나 정신적으로나 심리적으로….

그런데 여기저기에서 딴지를 걸어왔다.

— 당신은 중산층으로 살면서 중산층의 이야기를 하는
게 그렇게 좋습니까? 거기에 만족하십니까?

탄탄대로의 인생 여정에서 행복하고 귀여운 여자로 사
는 것에 대해서 혹은 그렇게 사는 것에 안주하는 태도에
대해서 작가로서 어떻게 생각하느냐는 질문이었다. 그것
들은 때로 날카로운 비수 같았고 때로 무거운 주먹 같았
다.

중산층의 허위의식?

1990년의 어느 인터뷰 자리에서 문학평론가이자 시인인 정효구가 인터뷰어로서 이렇게 물었다.

정효구: 우리 사회의 여성들 중 소외와 고통을 가장 크게 당하는 계층이 바로 저소득층 여성들일 것입니다. (…) 아직까지 우리나라 페미니즘 소설 창작이 초기 단계에 있기 때문에 전 분야를 포괄하지 못하는 것이라 여겨집니다. 그럼에도 불구하고 저소득층 여성의 문제는 심각하고 중요한 소설적 재료인 동시에 극복해야 할 사회적 현실인데, 선생님께서는 앞으로 이 문제를 다루고 싶지 않으십니까? 여기에 관심을 부여하고 싶다

면 구체적으로 어떤 것이 중요하다고 보시는지요?(*『문예중앙』 1990년 여름호)

앞서 3장에서 언급했듯이 나는 페미니즘 작가가 아니다. 그 애기를 분명하게 하려다가 말았다. 그 사람이 궁금해하는 것은 나의 이른바 '중산층적인 한계'와 그것에 대한 내 견해였기 때문이다.

아닌 게 아니라 그때는 전두환 정부에 이어서 들어선 노태우 정부의 임기가 절반을 넘어가던 시점이었고 또 6월항쟁과 노동자 대투쟁이 있은 지 겨우 1년밖에 되지 않던 때였다. 이른바 '분신투쟁'으로 전국이 뜨겁게 달아오르기 한 해 전으로, 노동운동과 민주화운동을 중심으로 해서 갈등의 열기가 사회 전체에 차곡차곡 쌓이고 있었다. 그랬기에 사람들의 머릿속에는 '민주화 ↔ 독재'라는 이분법적 대립틀이 자리를 잡았고, 변혁기에는 늘 그렇듯이 이쪽 아니면 저쪽이라는 진영 논리가 확고했다.

박완서: 그 질문은 제 약점을 건드린 거예요. 제가 중산층적

한계를 벗어나지 못했다는 지적에는 언제나 승복합니다. (…) 그러나 제가 중산층적 한계를 지녔다고 사람들이 매도할 때에는 좀 듣기 싫어요. 작가는 자기가 가장 잘 아는 것밖에 쓸 수 없고, 제게 있어서 소설이란 뭔가 가슴 밑바닥으로부터 저리고 아프면서 끓어오를 때 써지니 참 곤란하고 어렵네요. 저는 자신이 골수 중산층이라는 걸 잘 알아요. 어린 나이에 극빈에 가까운 빈곤 생활을 체험하고서도 골수 중산층이 된 것은 저를 키운 어머니에게 중산층 의식, 그 당시로 보자면 양반 의식 같은 것이 박혀 있었기 때문인가 봐요. (…) 그렇기 때문에 전 <u>중산층의 허위의식</u>을 잘 알고 있으며, 그것을 비판하고 지적하는 데에 나름대로 적극적이지요. 이렇게 자인도 하고 <u>변명</u>도 합니다만, 저의 작업 또한 그 위치에서 얼마간의 의의가 있다고 봐주세요. (웃음)(＊같은 글. 강조는 저자)

그러니까 내 어머니가 가지고 있던 양반 의식 즉 중산층의 허위의식을 잘 알고 있었기에 그것을 비판할 수 있다는 말이었다. 그런데 그렇게 말한 뒤에 내가 웃었다고 적은 것을 보면, 그 주제와 관련한 논쟁을 하고 싶지 않다는 신호를 상대방에게 웃음으로써 보냈던 것 같다. 자칫 예리한 논쟁으로 비화할 수도 있는 갈등을 피하고 싶다는 내 신호를 받아들인 인터뷰어는, 그동안 내가 중산층 여성의 문제를 다루어온 건 중요한 의미가 있고 또한 이 분야를 다룬 대표적 작가로 기억될 만하다고 믿는다는 말로써 마무리했다. 그래서 나는 거기에다 한 마디를 덧붙였다.

박완서: 중산층이야말로 인간다운 삶을 영위할 수 있는 최저 계층이라고 봐요. 다만 이런 말을 하는 데 한 가지 조건이 있다면, 그것은 중산층의 허위의식, 안이한 태도, 속물 근성, 기회주의적 속성 등을 극복해야 한다는 것이에요. 저는 노동자들이 노동쟁의를 하는 것도 어찌 보면 중산층으로 올라서려는 몸부림이고, 우리 어머니들이 밀어올리려고 목표한 것도 중산층이 되는 것이 아닌가 생각해요. 그런 의미에서 본다면 중산층적 삶이 어떻게 확립되어야 하는가가 아주 중요하다고 봐요.

지금 자평전을 쓰는 관점에서 무려 35년 전에 내가 했

던 이 말들을 곰곰이 되씹어보자니, 중산층으로 올라서고
자 했던 어머니의 투쟁이자 곧 나의 투쟁이던 것에서 중
요한 키워드 하나가 눈에 띈다. 바로 '양반 의식'이다. 그
때 나는 그 양반 의식을 중산층의 허위의식이라고만 여겼
다. 하지만 그게 아닌 것 같다.

결론부터 말하자면, 양반 의식 가운데 어떤 부분은 허
위의식으로 작용했겠지만 어떤 부분은 건설적이고 비판
적인 의식으로 작용했던 게 분명하다. 여기에 대해서는
다음 절에서 곧바로 따져보겠지만, 아무튼 내가 그때 그
인터뷰어에게 '나는 중산층의 허위의식에 사로잡혀 있다.
그렇지만 그건 나의 존재이고 정체성이니 나로서도 어쩔
수 없다.'라는 식으로 얼버무리며 꼬리를 내리고 말았던
것은, 나를 향해서 날아들던 '페미니즘 의식의 부재' 혹은
'중산층의 한계'라는 비판과 관련한 쟁점을 굳이 키우지
않겠다는 생각이 앞섰기 때문이 아니었을까 싶다. 아마
그래서, 어머니로부터 배웠고 또 그 이전에 어린 시절 할
아버지의 사랑방 서당에서 천자문을 떼고 『동몽선습』을
익히면서 들었던 그 모든 가치에 담겨 있던 것들을 서둘

러 덮어버렸던 게 아닐까 싶다.

그리고 또 하나 뒤늦게 덧붙이자면, "우리 어머니들이 밀어 올리려고 목표한 것"이라고 하면서 '우리 어머니들'이라고 말했던 것도, 앞서 3장에서 내가 줄곧 설명했던 '아줌마 정신'과 맥락이 이어지는 표현임을 눈여겨보기 바란다.

하나 더, 내가 싫어하는 여자들이 어떤 부류인지 밝히면 내가 이상적이라고 여기는 여자가 어떤 모습일지 한층 더 선명해지지 않을까 싶다. 다음은 1990년에 쓴 어느 산문에서 나열했던 내가 미워하는 여자들의 목록이다.

꿈 대신 욕심만 있는 여자, 끝없는 물욕을 높은 이상으로 착각하고 있는 여자는 밉다. 자신의 성취욕이 온통 자식과 남편한테로 뻗친 여자도 밉다. 특히 직장에서 자신의 무능이나 부족함을 응석으로 때우려는 여자는 자기도 모르게 같은 여자의 일자리를 막아서고 있으므로 미울 뿐 아니라 곤란하다. 대학을 졸업하고도 평생 교육장의 모든 과를 두루 섭렵하고 온갖 취미 생활을 다 한 번씩 집적거려보고도 자기가 정말 원하는 게 뭔지 알 것 같지 않은 여자도 밉다. 유명 라벨의 고급 옷으로 빼입고 노점상한테 천 원어치 사고 덤 한 알 더 얻으려고 악을 쓰는 여자도 밉다. (★「베란다에서」)

양반 의식

　어머니는 "현저동에 살면서도 박적골의 근거를 가장 으뜸가는 품성으로 숭배하고 지킬 것을 강요했다."(「엄마의 말뚝 1」) 그것의 정체는 바로 양반 의식이었다. 대가족의 종부(宗婦)이면서도 오빠와 나를 서울로 데리고 가서 공부시키겠다면서 할아버지에게 반기를 들고 우리를 데리고 가출을 감행한 어머니였지만, 이때 어머니는 당신이 가지고 있던 양반 의식도 함께 가지고 서울로 왔다. 그때 어머니는 현저동 빈민촌에 살면서도 동네 사람들을 '상종해도 괜찮을 이웃'과 '상것' 그리고 '바닥 상것'이라는 세 가지 범주로 나눈 뒤 내가 어울려야 할 상대와 그렇지 않은 상대를 철저히 구분하고, 강제하며, 감시했다.

한번은 내가 인왕산 계곡 빨래터에 갔는데, 나보다 한두 살 더 많은 소녀가 아직도 검붉은 핏자국 흔적이 얼룩얼룩한 베 헝겊을 수북하게 쌓아두고 빠는 것을 보았다. 나로서는 처음 보는 빨래였는데, 그 소녀는 그게 자기 엄마의 서답이라고 했다. 그 이야기를 집에 와서 어머니에게 했더니 어머니는 서답이 뭔지는 가르쳐 주지도 않고 상종하지 못할 상것들 타령을 했다.

"세상에 맙소사. 그 더러운 빨래를 백주대낮에 남들이 다 바라보는 곳에서 빠는 것도 망측한데 딸년을 시켜서 빨다니, 상것들 중에서도 상종하지 못할 바닥 상것들이로구나. 이제부터 거기에 다시는 가지도 마라. 어떻게 된 놈의 동네인지, 아이들을 한시 반시 문 밖에 내놓을 수가 없다니까, 쯧쯧."

(서답이 생리대라는 것과 이것의 용도가 무엇인지는 나중에야 알았다.)

예의를 알고 염치(부끄러움)를 아는 사람이라면 어떻게 그런 짓을 할 수 있느냐는 것이었다. 예의와 염치는 고향 박적골의 할아버지가 늘 하던 말이었다. 사람에게 이게 없으면 짐승이나 마찬가지라고 했다. 이게 없으면 사회가 무너지고 세상이 망한다고 했다. 좁은 길에서 마주친 동네 사람이 할아버지에게 고개를 숙이며 길을 비켜주는 것이나, 집안 식구 누구 하나 상소리를 입 밖에 내지 않는 것이 모두 예의와 염치를 알기 때문이라고 했다. 할머니께서는 양반을 가리켜서 "개를 팔아도 두 냥 반인데 양반의 가치는 한 냥 반밖에 안 된다고 해서 양반이야."라며 우스갯소리를 했지만, 그런 할머니도 내가 보기에는 할아버지의 기준에 맞게 예의와 염치를 가지고 계셨다.

유교에서 핵심 가치로 치는 인의예지(仁義禮智)의 측은지심(惻隱之心, 다른 사람의 고통에 공감하는 마음 / 인), 수오지심(羞惡之心, 자신의 옳지 못함을 부끄러워하고 남의 옳지 못함을 미워하는 마음 / 의), 사양지심(辭讓之心, 남에게 베풀고 양보하는 마음 / 예), 시비지심(是非之心, 옳고 그름을 가릴 줄 아는 마음 / 지)에 어긋나는 행동은 모두 금기 사항이었다. 할아버지는 이 가르침에 따라서 살아야 한다고 말했다. 어머니도 그랬다. 두 분은 나에게 그렇게 가르쳤다. 오빠도 마찬가지였다. 따지고 보면 오빠가 전쟁 중에 좌익과 우익 사이의 이념 투쟁 와중에 죽은 것도 오빠가 가지고 있었던 선비 기질 때문이라고 나는 생각한다. 「엄마의 말뚝 2」에서도 썼지만, 오빠는 최초의 선택이 웬만큼 잘못된 것이었더라도 전향하느니 차라리 최초의 신념에 일관함으로써 자신과의 신의를 지키고자 하는 사람이었는데, 그런 선비 기질이 목적을 위해서는 수단과 방법을 가리지 않는 사회주의 사상과는 결국 도저히 융합할 수 없었을 테고, 그런 심리적 갈등 때문에 오빠는 정신적으로 무너지고 말았을 것이다.

그런데 오빠도 오빠지만 어머니와 할아버지 두 분 모두 말과 행동이 딱딱 맞아떨어지지는 않았다. 할아버지는 시비지심을 발휘해서 일본에게 강탈당한 조선의 국권을 회복하기 위해서 독립운동을 하기는커녕, 일제에 부역한 대가로 귀족 작위까지 받은 친척의 도움으로 아들이 면서기로 취직하고 손자가 총독부에 취직한 것을 얼마나 고마워했던지 그 친척이 시골에 내려오기라고 하면 버선발로 뛰어나가면서 시비지심을 내팽개치셨던 분이다. 어머니도 마찬가지셨다. 나를 박적골에서 빼내어 현저동의 그 깎아지른 듯한 비탈 동네의 그 집으로 데리고 갈 때 서울역에서 짐을 지워서 데리고 간 지게꾼에게 막걸리값을 따로 챙겨주지 않으려고 온갖 치사한 핑계와 논리와 딴청을 동원하며 측은지심을 외면했으니까 말이다.

　양반 의식 중에서 선비정신은 빼버리고 아전 근성 같이 고약한 것만 남아난 게 우리 집안의 소위 근지가 아니었나 싶다.(*「그 많던 싱아는 누가 다 먹었을까」)

　그 이중적인 가치관 속에서도 양반 의식은 어머니에게 마음속의 말뚝이었고, 나도 어머니의 그 말뚝에 줄을 묶고 있었다. 그랬기에 나는 예를 들어서 1977년의 어느 산문에서 꼴찌에게도 갈채를 보내자며 측은지심을 촉구했다.

　푸른 마라토너는 점점 더 나와 가까워졌다. 드디어 나는 그의 표정을 볼 수 있었다. 나는 그런 표정을 생전 처음 보는 것처럼 느꼈다. 여지껏 그렇게 정직하게 고통스러운 얼굴을, 그렇게 정직하게 고독한 얼굴을 본 적이 없다. 가슴이 뭉클하더니 심하게 두근거렸다. (…) 나는 용감하게 인도에서 차도로 뛰어내리며 그를 향해 열렬한 박수를 보내며 환성을 질렀다. 나는 그가 주저앉는 걸 보면 안 되었다. 나는 그가 주저앉는 걸 봄으로써 내가 주저앉고 말 듯한 어떤 미신적인 연대감마저 느끼며 실로 열렬하고도 우렁찬 환영을 했다. (＊「꼴찌에게 보내는 갈채」)

또 단편소설 「도둑맞은 가난」에서는 가난한 여공을 농락한 부잣집 아들을 시비지심으로 바라보았다. 이 소설은 1975년에 발표한 것인데, '가난' 때문에 가족을 잃고 공장에서 일하는 여공이 공장에서 만난 남자와 사귀면서 연탄값도 절약할 겸 동거하자고 제안해서 동거를 한다. 그런데 알고 보니 이 남자는 아버지의 명령으로 '가난'을 체험'하러 온 부잣집 대학생이었다. 이런 사실을 알게 된 주인공은 부자가 이제는 자기의 가난까지 훔쳐갔다고 절망한다.

나는 우리가 부자한테 모든 것을 빼앗겼을 때도 느껴보지 못한 깜깜한 절망을 가난을 도둑맞고 나서 비로소 느꼈다. 나는 쓰레기 더미에 쓰레기를 더하듯이 내 방 속에, 무의미한 황폐의 한가운데 몸을 던지고 뼈가 저린 추위에 온몸을 내맡겼다. (*「도둑맞은 가난」)

또 1997년 12월에 전두환 전 대통령이 사면되어 출옥하던 모습을 텔레비전 화면으로 지켜본 다음에 화가 나서 썼던 산문 「두부」에서도 그랬다. 보도진과 측근, 추종자, 이웃사람들로 인산인해를 이룬 가운데 기가 죽기는커녕 여유를 부리며 농담하는 모습을 바라보면서 나는 분노했다. 그가 재임하는 동안 얼마나 많은 사람이 그가 대통령이라는 현실을 견딜 수 없어 했는지 안다면 그럴 수 없었다. 그는 자기가 한 짓을 두고 수오지심을 느껴야 했지만 그러지 않았다.

내가 정말로 보고 싶었던 것은 (…) 한 모의 두부를 향해 고개 숙인 그 입술 주변에 허연 두부 파편을 붙인, 적나라하게 초라해진 그였다. (…) 한 모의 두부를 향해 고개 숙였을 때의 극도의 자기모멸을 경험해봐야 한다고 생각하는 것 뿐이다. (…) 아무리 한때 높은 사람이었다고 해도 <u>수오하는 마음</u>이 조금도 없는 범죄자를 어느 누가 용서할 수 있단 말인가. 한 번이라도 최고 권력을 쥐었다는 이유만으로 <u>수오지심</u>을 가질 필요가 없다면 제왕무치(왕은 부끄러울 게 없다)의 시대와 무엇이 다른가. (＊강조는 저자)

2003년에 어느 대담 자리에서도 당당하게 말했을 정도로 나나 우리 가족은 도덕적인 규율 수준이 엄격했으니까, 나쁜 짓을 하고도 부끄러움을 모르는 그 사람의 모습에 분노가 치솟았다.

우리 집은 도덕적 규율이 유난히 엄했어요. 소송 벌일 일이 있더라도 그냥 지고 마라, 그렇게 가르칠 정도였으니까요. (＊「불을 껴안은 얼음, 소설가 박완서」, 『신동아』 2003년 7월호)

오죽했으면, 1976년에 냈던 내 최초의 창작집 제목도 「

부끄러움을 가르칩니다」였을까. 물론 그 제목의 소설이

수록되어 있긴 했지만.

전쟁의 비극이 아니라 풍요의 비극,
그리고 내 인생의 옹달샘

내가 죽은 뒤에 나의 딸 원숙이는 내가 스크랩해서 모아놓았던 인터뷰 기록들을 엮어서 『박완서의 말』을 펴내면서 이 책의 내면서 부제를 '소박한 개인주의자의 인터뷰'라고 달았다. 내가 개인주의자라는 말이다. 책머리에서는 이렇게 썼다.

어머니의 눈은 항상 미래를 향하고 있었고 고정관념이나 잘못된 생각들은 바뀌어야 된다는 희망을 갖고 있었습니다. 설교하려고 하지 않은 것은 설교받는 것을 싫어하셨기 때문입니다.

(…) 개인의 영역을 중요시하여 누구의 편에도 치우치지 않고 공정함을 유지했습니다. "내가 중하니까 남도 중하다"라고 하신 어머니의 말은 살아갈 기운을 줍니다. 엄마의 개인주의가 나에게 특별한 기운을 줍니다.

사실 나는 어디에서인가 자유로운 개인주의자 혹은 소박한 개인주의자가 되고 싶다고 말한 적이 있다. 개개인을 소중하게 여긴다는 뜻에서는 그렇지만, 그렇다고 해서 개인이 사회에 지는 책임이나 소속감을 내팽개치고 싶다는 의미는 아니었다. 굳이 말하자면 나는 개인주의자라기보다 공동체주의자였다. 약자의 고통에 공감하고, 자기가 했든 남이 했든 간에 잘못된 행동을 부끄러워하며, 남에게 베풀 줄 알고 공정한 사회를 추구했으니, 나는 양반 의식으로 질서가 세워진 공동체를 추구했던 셈이다.

1982년에 한국일보에 장편소설 『그해 겨울은 따뜻했네』를 연재하면서도 내 의도는 그랬다.

이 이야기에서는 1·4 후퇴 때 일곱 살 먹은 수지는 다섯 살 된 동생 수인이(오목이)와 손잡고 피난 대열의 혼잡 속에 휩쓸렸다가 동생을 잃어버린다. 그러나 사실은 수지가 이기적인 목적으로 일부러 동생을 버렸다. 전쟁이 끝난 뒤에 수지는 수인이를 찾는 척만 할 뿐 수인을 알아보고도 모르는 척한다. 그렇게 수지는 동생이 행복해질 기회를 잔혹하게 짓밟는다. 그리고 가장 타산적인 결혼을 해서 귀부인처럼 살아간다. 반면에 수인이는 가난과 남편의 학대로 지옥 같은 결혼 생활을 하다가 비극적 종말을 맞는다. 이 소설의 의도를 나는 1987년 개정판의 발문에서 다음과 같이 밝혔다.

내가 그리고자 한 것은 전쟁의 비극이 아니라 풍요의 비극이었다. 폐허에서 떨치고 일어나 60년대의 악착같은 생존경쟁, 70년대의 기적적인 경제성장을 거쳐 80년대의 국민의 반수 이상이 중산층을 자처하게 된 안정과 풍요가 얼마나 냉혹한 이기심과 배타성을 가지고 있나를 보여주고자 했을 뿐이다. 나는 수지를 조금도 특별한 악인이라고 여기지 않았고, 다만 중산층 이상의 안이하고 우아한 생활이 보편적으로 함유하고 있는 악을 보여주고자 했을 뿐이다.

나의 세 번째 장편소설이자 1976년 한 해 동안 동아일보에 연재해서 결과적으로 작가로서의 나의 인기와 역량을 확인받았던 『휘청거리는 오후』도 마찬가지다. 세 자매의 결혼과 몰락을 통해서 중산층의 탐욕과 허위의식이 얼마나 무섭고 끔찍한지 드러내고자 했다.

　1980년에 나와 대담을 나누었던 평론가 김승희는 내 소설을 '부끄러움과 오기의 소설문학'이라고 했다. 내 소설의 등장인물들 가운데 긍정적으로 묘사되는 인물은 '부끄러움과 오기'를 지니고 그것 때문에 상처 입고 괴로워한다는 게 그런 판단의 근거라고 했다.

　사람답게 살려는 모든 노력과 사람으로서의 긍지를 포기해야만 살아남을 수 있는 이런 고장에서 인간의 존엄성과 위엄을 최소한도나마 지켜보려는 한 개인의 오기가 얼마나 무참히 꺾어져야 하는가를 아주 실감 있게 그려놓고 있다. '오기'와 '부끄러움'을 잃은 인간들은 스스로 '구더기'가 되어 조용히 몰락하고 마는 것이다. (*『영혼은 외로운 소금밭』)

그래서 나는 이렇게 대답했다.

그래요. 현대처럼 정신적 가치가 붕괴하고 믿을 만한 질서와 규범의 밑받침이 없는 사회에서 살려면 많이 타협해야 하는데 '마지막 사람다움'을 짓밟는 힘에 대해서는 '오기'를 부려야 할 것 같아요. 이러한 사회 속에서의 이상형은 '수치가 무엇인지 알고 또 당당한 사람, 즉 부끄러움과 오기를 다 갖춘 사람'이라고 나는 생각합니다. 그러나 나는 아직도 그런 이상형을 못 그렸어요.

언젠가 어떤 산문에도 썼듯이, 우리는 경제 부흥에 안간힘을 쓰면서 '잘살아보자'를 외쳤었다. 그런데 이 '잘살아보자'가 차츰 '어떡하든 잘살아보자'로 바뀌었고, 그러다가 나중에는 '수단, 방법 가리지 말고 잘살아보자'로 돼버렸다. 결국 물질적인 가치가 정신적인 가치 위에 군림하면서 사람들은 물질의 노예로 타락하고 말았다. 그렇다면 어떻게 해야 하는가?

지금이라도 이 인간이 타락을 구할 새로운 싹이 틀 고장이 있다면, 아직까지는 양심을 물욕에 팔지 않고 살아온 떳떳한 가난뱅이들의 고장밖에 더 있겠는가?(★「떳떳한 가난뱅이」)

이 떳떳한 가난뱅이들의 오기가 보고 싶다. 내가 소녀 가장이 되어 미군 PX 초상화부에서 악착같이 돈을 벌 무렵이던 1952년에 이희승 선생이 제시했던 떳떳한 가난뱅이 남산골 샌님 딸깍발이가 그립다.

청렴개결(淸廉介潔)을 생명으로 삼는 선비로서 재물을 알아서는 안 된다. (…) 오직 예의염치가 있을 뿐이다. 인(仁)과 의(義) 속에 살다가 인과 의를 위하여 죽는 것이 떳떳하다.(★ 같은 글)

1999년에 발표한 단편 동화인 「자전거 도둑」에서 나는 가난뱅이의 떳떳한 자존심을 강조했었다. 어린이들에게도 그 자존심을 가르치고 싶어서였다. 소년 수남이는 시골에서 올라와 낮에는 세운상가의 어느 도매상에서 일을 하고 밤에는 공부를 하며 살아간다. 바람이 세차게 불던 어느 날, 수남이는 자전거를 타고 가다가 고급 자동차와 접촉사고를 낸다. 자동차 주인이던 신사는 수남이에게 수리비를 물어내라고 하고, 수남이는 도망가라고 소리치는 주변 사람들의 말을 듣고 그 자리에서 도망친다. 하지만 곧, 가게 주인은 수남의 행동을 칭찬했지만 수남은 자기가 한 행동이 양심에 어긋난 것임을 깨닫는다. 그리고 그는 다시 시골로 내려가기로 결심한다.

 …그런데 그때 시골에 내려간 수남이는 과연 어떻게 되었을까? 지금쯤 30대 후반이나 40대 초반이 되었을 수남이는 지금 어떤 모습으로 살고 있을까? 이제 와서 생각해 보면 수남이가 귀향을 선택한 것은 정말 남산골 샌님 딸깍발이처럼 전략·전술적으로(혹은 장·단기적으로) 대책이 없긴 하다. 이런 점을 두고 사람들이 내가 '중산층적인 한계'를 갇혀 있다고 지적한다. 그래, 맞는 말이다. 하지만, 그 한계를 돌파하는 방향이나 정책은 정치인들이 내놓아야 하는 것이 아닐까 싶어서, 그 비난을 온전히 나 혼

자 뒤집어써야 한다는 게 어쩐지 억울하다. 남산골 샌님이나 그 옛날 박적골의 우리 할아버지나 현저동 산꼭대기 마을의 우리 어머니에게 중상층의 한계를 자각하고 반성하고 돌파하라고 말했다면 뭐라고들 하셨을까?

…사람들이 나의 한계를 지적했지만, 나로서는 그럴 수밖에 없었고 지금 똑같은 선택의 기로에 서 있다고 해도 마찬가지일 것이다.

내가 죽은 뒤에 나의 딸들과 사위들은 내 명의로 되어 있던 현금 자산의 전부를 서울대학교 인문대학에 학술기금으로 기부했다. 13억 원이었다. 평소에 내가 했던 말을 딸들이 잘 새겨듣고 있다가 그렇게 한 것이다. 이렇게 하도록 한 것은, 비록 나나 내 딸들이 가난뱅이는 아니지만 떳떳한 가난뱅이의 흉내를 내기 위함이었다. 그런데 사실 따지고 보면 그 돈은 내가 서울대학교 덕분에 받은 이득에 비하면 실로 작은 것이다. 2006년에 서울대학교에서 명예 문학박사 학위를 받으면서 했던 답사를 새삼스럽게 다시 우려먹으면 이렇다.

이웃도 하나 없이 어린 조카들, 넋 나간 노모를 부양해야 하는 소녀 가장의 처지에 놓인 제가 할 수 있는 일은, 고작 피난 가서 비어 있는 이웃집을 털어 몇 줌의 곡식이나 묵은 김치 따위를 구해오는 일이었습니다. (…) 남대문 시장 근처를 배회하다가 난데없이 행운을 잡게 되었는데, 그건 지금의 신세계백화점 자리를 차지하고 있던 미 8군 PX에 취직이 된 거였습니다. 제대로 된 취직 자리가 전무할 때이기도 했지만 먹고 살 만큼 봉급을 받을 수 있고, 요령만 부리면 큰돈도 벌 수 있다고 알려져 누구나 선망하는 꿈 같은 일자리였습니다. 그런 일자리에 몇십 대 일의 경쟁을 뚫고 발탁이 될 수 있었던 것은 순전히 서울대 학생이라는 자기소개 덕분이었습니다. (…) 돈 벌기도 쉽지만 타락하기도 쉽다고 알려져 질시와 멸시를 동시에 받던 PX 생활을 홀로 고고한 척 안전하게 유지하면서 식구들을 배 불리 먹여 살릴 수 있었습니다. 뿐만 아니라 그 직장에서 만난 남자와 결혼해서 똘똘하고 건강한 아이를 낳고 오래오래 행복하게 살았고, 또 그 직장에서 알게 되어 깊은 인상을 받았던 박수근 화백은 저의 처녀작 『나목』의 주인공이 되어, 저를 주부에서 작가로 거듭나게 했습니다.

서울대학교 학생이라는 이유 하나로 내 인생의 여정이 그렇게 바뀌고 또 이어졌던 것이다. 그러니 내가 소설가로 글을 써서 벌었던 그 돈은 당연히 가야 할 곳으로 간 셈이다.

그 옛날 사랑채에서 장죽을 휘두르시며 맹자를 읊으시던 할아버지도 하늘에서 나의 이 기부를 두고는 당신이 사랑하시던 손녀가 양반집 자손답게 사양지심을 실천한 것이라고 흡족하게 고개를 끄덕이실 것이라고 말한다면 과장일까?

내가 죽기 전에 마지막으로 쓴 산문이 「깊은 산속 옹달샘」이다. 노트북 바탕화면에 갈무리해 두었던 이 글을 내가 죽은 뒤에 딸 원숙이가 잘 챙겨서 나의 마지막 산문집 『세상에 예쁜 것』(2012)에 실었다.

만일 깊은 산속에 옹달샘이 없다면 산에서 길을 잃은 나그네가 어떻게 목을 축이고 길을 찾아 살아 돌아올 수 있겠는가. 작은 옹달샘도 차면 어차피 흐르게 돼 있다. 낮은 곳으로 흘러 흘

러 마침내 큰 강에 이르렀지만 큰 강은 이미 오염물질로 더럽혀져 죽어가고 있다. 사람의 목숨에도 생과 사 사이에는 돌이킬 수 없는 임계점이라는 것이 있듯이 죽어가는 강에도 그런 것이 있을 것이다. 그렇게 함부로 오염시켜도 아직은 강이 아주 죽지 않고 살아날 가망이 있는 건, 작지만 어디선가 졸졸 흘러드는 맑은 물이 아슬아슬하게 강의 임계점을 지켜주고 있기 때문이 아닐까. 어느 나라 어느 사회나 어디엔가 높은 정신이 살아 있어야 그 사회가 살아 있는 것과 다름없는 이치라고 생각한다.

나는 그런 옹달샘이 되고 싶었다. 아주 오래전 어쩌면 수백 년 전부터 존재하면서 우리나라 우리 공동체가 오염되지 않도록 지켜주었던 그 정신의 맥을 붙잡고 싶었던 건지도 모른다. 소설을 쓰고 산문을 쓰고 살아왔던 그 긴 세월 동안….

5장

나는
소설이다

그 누구에게도 말하지 못하고 우리 가족만의 비밀로 숨겼던 오빠의 죽음은 원귀가 되어 수시로 나를 괴롭혔다.

남들은 잘도 잊고, 잘도 용서하고 언제 그랬나 싶게 상처도 감쪽같이 아물고 잘만 사는데, 억울하게 당한 것, 어리석게 속은 걸 잊지 못하고 어떡하든 진상을 규명하겠다는 유독 집요하고 고약하던 나의 성미가 훗날 글을 쓰게 했고 나의 문학정신의 뼈대가 되지 않았나 싶다.

내가 쓴 소설들은 오빠의 죽음에서 비롯된 고통에서 벗어나고자 몸부림쳤던 몸짓이다. 그렇게 나는 소설이 되었다.

나는 이야기꾼이 되고 싶었다

나를 키운 건 8할이 이야기였다. 나는 말귀를 알아듣고부터 옛이야기를 좋아했다. 옛날이야기를 해달라고 조르면, 할머니와 엄마는 이야기보따리 풀어놓기를 마다하지 않으셨다. 한번은 할머니가 나에게 성교육을 하셨는데, 그때의 우리 대화가 이랬다.

"신랑, 각시가 신랑각시가 달에서 눈맞고 우물에서 눈이 맞으면 우물 같은 아기를 낳고, 시궁창에서 눈이 맞으면 시궁창 같은 아기를 낳는대."

"눈이 맞는 게 뭐야?"

"하늘하고 땅이 눈이 맞으면 번개가 번쩍하고 천둥이

우르르하는 것과 같애."

할머니가 요즘 세상에 태어났다면 시인이 되셨을 게 분명하다.

시집올 때 이야기책 필사본을 장롱 한 궤짝 가득 넣어 왔던 어머니도 타고난 이야기꾼이셨다. 어머니가 오빠와 나를 데리고 서울의 '문밖'에 있던 가난한 동네에 말뚝을 박았을 때 우리가 얼마나 가난하게 살았을지는 어렵지 않게 상상할 수 있을 것이다. 하지만 어쩐 일인지 그때 그 시절이 내 기억 속에서는 무척이나 행복하고 충만했던 시기로 남아 있다.

어머니는 밤늦도록 바느질품을 파시고 나는 그 옆 반닫이 위에 오도카니 올라앉아서 이야기를 졸랐었다. 어머니의 이야기보따리는 무궁무진했고, 어머니는 이야기의 효능이 무궁무진하다고도 믿으셨던 것 같다. 왜냐하면 내가 심심해할 때뿐 아니라 주전부리를 하고 싶어할 때도, 남들처럼 고운 옷을 입고 싶어할 때도, 고향 친구를 보고 싶어 하며 외로움을 탈 때도, 시험 점수를 제대로 받지 못해서 풀이 죽었을 때도, 어머니는 곧바로 이야기보따리를 풀어서 재미있는 이야기 한 자락으로 나를 달래주셨기 때문이다. 어머니로서는 가진 게 그것밖에 없었기도 했지만, 딸의 마음에 생긴 거의 모든 상처에 만병통치약처럼 이야기를 들이댔고, 또 신기하게도 그게 통했다.

1986년 무렵의 산문인 「나에게 소설이란 무엇인가」에서 나는, 나도 그때의 어머니처럼 뛰어난 이야기꾼이 되고 싶다고 했다. 옛날에 나의 어머니가 당신이 해주던 이야기에 담겨 있을 것이라고 여겼던 다양한 효능을 나의 이야기가 담고 있으면 좋겠다고 했다. 그리고 내가 죽기 한 해 전인 2010년에는 「나는 왜 소설가인가」라는 산문에서 이렇게 썼다.

우리 식구 중 나는 유일한 노동력이었고 꽃다운 스무 살 대학생이었다. 여자였지만 젊음만으로도 더럽고 잔혹한 세월의 좋은 먹이였다. 세상이 바뀔 때마다 빨갱이로 몰렸다가 반동으로 몰렸다가 하면서 나는 내 눈엔 도저히 인간 같지 않은 자들로부터 온갖 수모와 박해를 당하면서 그들 앞에서 벌레처럼 기지 않으면 안 되었다. 그때 내 마음에 섬광처럼 번득이는 게 없었다면 아마도 그 시절을 제정신으로 버텨내긴 어려웠을 것이다. 번득이는 섬광은 언젠가는 저자들을 등장시켜 이 상황을 소설로 쓸 것 같은 예감이었다. 예감만으로도 그 인간 이하의 수모를 견디는 데 힘과 위안이 되었다. 훗날 소설로 쓰기 위해 낱낱이 기억하려 했고 몸은 기면서도 마음은 최소한의 자존심이나마 포기하지 않고 고개를 빳빳이 세우려고 했다.

그 극한 상황에서 그런 생각을 할 수 있었던 것은 이야기가 가진 위안과 치유의 힘, 완성된 이야기가 발휘하는 힘뿐만 아니라 이야기를 만들어 나가는 과정에서 발휘되는 힘을 내가 믿었기 때문이 아닐까 싶다.

엄마가 "옜다 조조야, 칼 받아라." 하면서 그 동작까지 흉내 내느라 바느질하던 손을 높이 쳐들었을 때 엄마의 손 끝에서 번쩍이는 바늘 빛은 칼 빛 못지않게 섬뜩하고도 찬란했고, 나는 장검을 휘둘러도 시원치 않을 우리 엄마가 겨우 바느질품밖에 못 파는 게 안타까워 가슴속에 짜릿하니 전율이 일곤 했다. (*『그 많던 싱아는 누가 다 먹었을까』)

그런 전율을 만들어내고 싶었고 또 느끼고 싶었다.

그렇게 나는 소설로 이어지는 길을 따라서 걸어갔다. 이렇게 해서 마침내 이루어진 소설과 나의 만남은 어떤 맛이었을까? 달달했을까, 짜릿했을까, 황홀했을까, 포근했을까, 섬뜩했을까, 혹은 또 다른 어떤 맛이었을까?

내 인생의 트라우마, 그 뿌리

…나는 누구인가?

2010년 5월에 나는 그런 생각을 했다. (그 시점은 내가 죽기 여덟 달쯤 전이었다. 물론 내가 여덟 달 뒤에 죽을 것이라는 사실을 나는 알지 못했다.) 어쩌면 또다시 6월이 가까이 다가오고 있었기 때문일지도 모른다. 1950년 6월 이후 그런 생각을 하지 않은 채 6월을 보낸 적이 단 한 번도 없다. 팔십을 코앞에 두고 있을 무렵에 어느 산문에서도 고백했지만, 내 영혼은 1950년 그해 스무 살에 성장을 멈추었다. 우리나라의 현대사를 관통하며 볼 것 못 볼 것 많이도 보면서 정말 오래 살아서 마치 500년은 산 건 같지만, 내 영혼은 1950년 6월에 성장을 멈추었다. 그때 이후 나는 트라우마에 시달리며 살았다.

정신의학이나 심리학에서는 트라우마를 '외부에서 일어난 충격적인 사건으로 인해 발생한 심리적 외상'으로 정의한다. 어떤 평론가는 트라우마는 살아남은 사람이 치러야 하는 대가라고 했다. 2022년에 나의 문학을 이야기하면서 했던 말이다.

트라우마는 살아남은 사람의 고통이다. (…) 트라우마는 자신의 이야기를 들어줄 귀를 찾으며, 그 들음을 통해서 나의 트라우마는 타인의 트라우마와 연결된다. (…) 박완서에게 전쟁 경험은 증언에 대한 의무와 그 경험을 들어줄 귀를 찾는 절박함이 뒤섞인 가운데 생애 내내 반복하게 되는 이야기였다. (*양혜원, 『박완서 마흔에 시작한 글쓰기』)

트라우마는 자신의 이야기를 들어줄 귀를 찾는다는 말에 눈물을 왈칵 쏟을 뻔했다. 죽은 지 10년이 지났는데도 그랬다. 스무 살 무렵부터 여든 살에 죽을 때까지 평생,

구체적인 형체도 없이 특정한 냄새나 촉감도 없이, 그 모든 상황에서 그 모든 방식으로, 내 의식의 끈을 붙잡고 이리저리 뒤흔들며 나를 때리고 할퀴며 위협했던 그 고통의 정체가 비로소 선명하게 보였다. 어렴풋하던 고통의 정체를 선명하게 깨닫자 그제야 나 자신을 위로할 수 있을 것 같았다. 또, 진정으로 위로받을 수 있을 것 같았다. 아닌 게 아니라 나는 내 이야기를 들어줄 귀를 찾아 평생을 헤맸다.

스무 살 무렵에 당했던 그 끔찍한 고통은 문자 그대로 죽는 날까지 나를 트라우마의 우물 안에 가둬버렸다. 그랬기에 80년 인생의 마지막 세 해를 남겨두고 있던 2008년 1월에 어느 문학지에 기고했던 산문에서도 나는 이렇게 고백했다.

1·4 후퇴의 그 겨울부터 다음 해 겨울까지 일 년 동안이나 생리가 멎었다가 서울이 수복되고도 한참 있다가 다시 생리가 시작되었는데, (…) 그때 나는 생리만 멎은 게 아니라 성장도 멎어버린 것 같다. (…) 어쩜 그렇게 혹독한 추위 그렇게 무자비

한 전쟁이 다 있었을까. 이념이라면 넌더리가 난다.(＊「나는 다만 바퀴 없는 이들의 편이다」)

넌더리가 나다 못해 치가 떨리는 그 이념 타령, 빨갱이 타령이 나를 평생 사로잡았고, 나는 거기에 휘둘리지 않으려고, 또 거기에서 벗어나려고 평생 투쟁했다.

'평생'이라는 표현이 과장이 아니냐고? 천만에! 마치 꿈을 꾸듯(아니, 어쩌면 정반대로, 꿈처럼 살아가던 현실에서 멀쩡하게 정신을 차리듯이)『나목』을 써서 작가로 데뷔한 것도 그 트라우마와 붙잡고 씨름하기 위해서였고, 또 여든 살 내 인생을 마감하기 두 해 전에 나의 마지막 소설로 남을 단편소설 「빨갱이 바이러스」를 쓴 것도 그 트라우마와 붙잡고 씨름하며 세상 사람들에게 그 고통을 증언하기 위해서였다.

그렇게 나는 그 증언을 하느라고 소설가로 살면서 평생을 그렇게 투쟁했다. 1970년의 『나목』에서부터 2009년의 「빨갱이 바이러스」까지 꼬박 40년 동안….

어느 자리 어느 글에서였든가 결핍과 부재는 내 인생의

존재 이유이자 내 문학의 동력이라고 한 적이 있는 것 같다. (어쩌면 마음속으로만 그렇게 생각했을지도 모른다.) 하지만 어쩐지 철학적인 느낌을 주는 '결핍과 부재'라는 표현을 병리학적인 느낌을 주는 '트라우마'라는 단어로 바꾸는 게 맞을 것 같다. 그래야 내 인생이, 그리고 내 문학의 정체성이 민낯 그대로, 피를 철철 흘리는 그 모습 그대로 생생하게 드러날 수 있을 것 같다.

　…트라우마는 내 인생의 존재 이유였고, 내 문학의 동력이었다.

　　　　　*　*　*

　내 트라우마는 오빠에게서, 정확하게 말하면 오빠의 죽음에서 비롯되었다.

　나와 오빠 사이의 우애는 각별했다. 나이가 열 살이나 차이났지만, 우리는 서로 깊이 이해하고 사랑했다. 아버지 없이 유년과 학생 시절을 보냈기에 나에게 오빠는 아버지이기도 했다. 그 모든 것을 한마디로 표현하면, 오빠는 나에게 우상이었다.

그때의 지식인 청년들이 그랬듯이 해방 직후 한때 오빠는 사회주의 사상에 심취했다. 활동가로서 또 조직원으로서도 활동했다. "20대에 공산주의자가 아니면 하트가 없고 30대에도 공산주의라면 브레인이 없다."라는 말이 유행할 때였다. 그러나 이데올로기의 대립은 극렬한 증오와 가혹한 보복으로 이어졌다.

전쟁이 발발하기 직전에 오빠는 사회주의에 회의를 느끼고 사상적으로 방황했고, 그러다가 전쟁이 난 뒤에 인민의용군에 지원했다. 그랬다가 도망쳐서 집으로 돌아온 오빠는 피해망상증과 공포로 정신이 망가져 있었다. 이런 상태에서 국군의 총기 오발 사고로 다리에 심각한 부상을 당하고 오랜 기간에 걸쳐서 서서히 죽었다. 그러다가 어느 날 밤에 갑자기, 하지만 늘 예상하던 대로 숨이 끊어졌다.

밤중인지 새벽인지 분명치 않았다. (…) 올케의 나부끼는 허연 속곳 가랑이를 보면서 나도 비로소 소름이 쫙 끼쳤다. (…)

오빠는 죽어 있었다. 복중의 주검도 차가웠다. (…) 총 맞은 지 8개월 만이었고, '거기' 다녀온 지 닷새 만이었다. 그는 죽은 게 아니라 팔 개월 동안 서서히 사라져 간 것이다. (…) 암매장이라는 의식이 우리의 일손을 빠르게 했다. 나도 덤벼들어 거들었다. 하관을 하고 흙을 덮고 나서, 봉분을 만들고 막대기로 표시를 했다. 봉분을 너무 두드러지게 한 것 같아 꺼리는 우리에게, 수레꾼은 일단 매장을 하고 나면 아무도 함부로 파 가질 못하는 거니까 겁낼 것 없다고 했다. (＊『그 산이 정말 거기 있었을까』)

나는 오빠의 이 죽음을 두고 어떤 산문에서 이렇게 설명했다.

오빠는 서서히 죽음을 당했다. 그것도 정신과 육체가 따로따로. 오빠가 완전히 죽기까지는 장장 일 년이 걸렸다. 나는 지금까지도 어느 쪽이 오빠를 죽였는지 확실히 말할 수가 없다. 한쪽에선 오빠를 반동으로 몰아 갖은 악랄한 수단으로 어르고 공갈치고 협박함으로써 나약한 지식인에 지나지 않았던 그를 마침내 폐인으로 만들어놓고 말았고, 다른 한쪽에선 폐인을 데려다 빨갱이라고 족치기가 맥이 빠졌는지 슬슬 가지고 놀며 장난치다 당장 죽지 않을 만큼의 총상을 입혀서 내팽개치고 후퇴했다. (★「나에게 소설은 무엇인가」)

　나는 오빠의 죽음을 여러 소설에서 여러 가지 모습으로 묘사했다. 인민의용군에 징집되지 않으려고 숨어 있다가 폭격을 당하기도 했고, 전향을 거부하다가 총살을 당하기도 했으며, 인민의용군에 징집되었다가 상해를 입고 도망쳐 온 후 인민군에게 발각되어 총살당하기도 했다. 그러나 이념 대립의 광기 속에서 사망한다는 설정은 동일하다. 그런데 여기에서 솔직하게 밝혀두자면, 오빠의 죽음이 작품마다 다른 이유는 등장인물의 캐릭터 설정이나 소설 구성상의 설정 때문인 경우도 있지만, 서슬이 시퍼렇던 반공주의가 무서워서 국군의 총격이 아니라 인민군의 총격 때문이라고 설정했다가 나중에 '빨갱이'에 대한 반감이 느슨해졌을 무렵에는 국군의 총격 때문이라고 바로잡은 면도 있다. 사실 이런 눈치는 점령군이 수시로 바뀌던 서울에서 살아남기 위해서 동물적인 본능으로 터득했던 생존 기술이었다. 이런 정황을 나는 어느 소설에선가 이렇게 묘사했다.

섣불리 무슨 말끝에라도 빨갱이인 듯한 짐작을 상대방에게 줬다가 곧 이 마을을 점령할 군인이 국군이면 어쩐담? 섣불리 흰둥이인 척했다가 이 다음에 나타날 점령군이 인민군이면 어쩐담? 이런 치사한 생각으로 사람이 그리우면서도 사람을 피해야만 했다.(*「목마른 계절」)

그런데 오빠의 죽음 혹은 오빠가 죽어서 더는 세상에 존재하지 않는다는 상실감은 내 트라우마의 시작일 뿐이었다. 문제는 오빠가 아니라 다른 데 있었다. 망자를 애도하며 소리높여 운 다음에 훌훌 털어버리면 되었지만 그렇게 할 수 없다는 게 문제였다. 다시 말해서, 오빠 혹은 오빠의 죽음을 대하는 나의 태도가 문제였다. 이념 갈등이 예리한 칼날처럼 번뜩이던 그 무렵의 서울에서 우리 가족은 오빠의 죽음을 우리 가족은 대놓고 슬퍼할 수 없었다는 게 문제였다. 빨갱이나 빨갱이 가족으로 찍혀서 죽임을 당하거나 그 밖의 온갖 불이익을 당하지 않으려고 나는 오빠의 죽음을 숨기고 그 슬픔을 안으로 삼켰다.

미군 PX에 취직해서 사장이 묻는 말에 대답해야 할 때도 그랬다.

그는 처음으로 우리 집안 사정을 물었다. 파자마부에 불러들일 때는 서울대학생 하나만으로도 그리 흡족해하더니만, 초상화부로 쫓아내면서는 웬 궁금한 게 그렇게 많은지 몇 식구며, 피난은 어디로 갔었고, 오빠는 무슨 병으로 죽었고, 지금 돈 버는 식구는 나 말고 또 누가 있는지를 꼬치꼬치 물었다. 나는 맨 나중 질문이 가장 중요하다는 걸 본능적으로 알아차리고 그 대답에서 가장 많이 거짓말을 했다.

"우리 생활비는 숙부님이 책임지세요. 트럭을 가지고 일선 장사를 다니시는데 돈을 아주 잘 버세요."

(⋯) 어떻게든 이 안에 빌붙고 싶었다.(★『그 산이 거기에 있었을까』)

트럭으로 장사한다고 거짓말했던 그 숙부는 사실 오빠가 죽기 전에 이미 빨갱이라는 죄목으로 사형당하고 없었다. 이 일에 대해서는 잠깐 언급해야겠다. 2009년에 박경리 선생 1주기 추모 행사가 원주의 토지문화관에서 열렸는데, 이때 문학 강좌라는 이름으로 참가자들과 이야기를 나누던 자리에서 나는 누군가의 질문을 받고 그때 일을 다음과 같이 설명했다.

"우리 삼촌은 저에게 특별한 분이셨습니다. 그분은 아버지의 삼 형제 중에서 막내이셨는데 자식이 없었습니다. 그래서 그랬던지 아버지를 일찍 여읜 저를 마치 친딸처럼 아껴주셨고, 저도 삼촌을 아버지나 다름없이 여겼습니다. 이런 분이 인민군 점령 치하에 있던 서울에서 인민군에 부역했다는 죄목으로 감옥에 잡혀들어갔다. 거기에서 언제 어떻게 돌아가셨는지도 모르고, 1·4 후퇴 직전이라 그때는 상황에서는 면회도 할 수 없었다. 추운 때였는데 솜옷도 한번 차입해드리지 못할 정도로 밖에 있던 저희 식구들은 정신적으로나 물질적으로 극도로 피폐해져 있었습니다. 어떻게 사형선고를 받고 형이 실행되었는지, 시신은 어떻게 처리되었는지 아무것도 모르는 채 1·4 후퇴가 있었고 그 후에도 빨갱이 가족이라는 게 두려워 더 알려고 들지도 않았죠, 그것이 저의 가장 큰 한입니다."

바로 그 사형장이 있던 감옥소를 나는 1·4 후퇴 때 다리를 다친 오빠 때문에 피난도 가지 못하고 주저앉았던, 그리고 결국 오빠가 죽어나갔던 현저동의 그 비탈 마을에서 내려다보면서 빈집털이 도둑질로 목숨을 부지하며 살아야 했다.

여기에서 다시 한번 강조하자면, 당시의 경험을 다룬 내 소설들은 대부분 사실을 있었던 그대로 묘사했다. 특히 『그 많던 싱아는 누가 다 먹었을까』와 『그 산이 거기에 있었을까』 2부작은 자화상을 그리는 마음으로 과거의 기억을 꼼꼼하게 재생하겠다고 애초부터 공공연히 천명했었다. 아닌 게 아니라 『그 많던 싱아는…』은 표지의 제목 옆에 '소설로 그린 자화상'이라는 문구를 굳이 집어넣었었다. 그러니 그 소설들에서 묘사하는 상황들은 모두 실제로 있었던 일이라고 믿어도 된다.

아무튼 그렇게 나는 오빠의 죽음을 우리 가족만의 비밀

로 꼭꼭 숨겼다. 그러자 오빠의 죽음은 마치 원귀가 된 것처럼 내 주변을 맴돌면서 수시로 나를 괴롭혔다.

나는 이런 심리적인 상황을 1973년에 단편소설「부처님 근처」의 주인공 입을 통해서도 털어놓았다. 1973년이면『나목』으로 데뷔하고 3년이 지난 뒤다. 이 소설은 6·25 때 '빨갱이'라는 이유로 오빠는 처형당해 죽고 아버지는 고문 후유증으로 죽은 아픔이 있는 여자를 화자로 내세운 1인칭 소설인데, 시간적 배경은 그런 일이 있고 20년쯤 뒤다. 이 소설의 화자도 물론 나의 분신이다.

사람이 죽으면 아이고 아이고 곡을 한다. 눈물이 마르면 침을 몰래몰래 발라가며, 기운이 빠지면 박카스를 꼴깍꼴깍 마셔가며 아이고 아이고 곡을 하고, 조상객을 치르고, 노름꾼을 치르고, 거지를 치르고, 복잡하고 복잡한 밑도 끝도 없는 여러 가지 절차를 치르고 복잡한 절차 때문에 웃어른과 아랫사람과 말다툼도 치르고, 차례에 제사에 또 제사를 치른다. 그래서 살아남은 사람은 기운이 빠질 대로 빠지고 진저리가 나고, 빈털터리가 되고 지긋지긋해지면서 죽은 사람에게서까지 정나미가 떨어진다. 비로소 산 사람은 죽은 사람으로부터 자유로워진 것이다. (*「부처님 근처」)

그런데 우리 가족은 오빠의 죽음을 꼴깍 삼켜 버렸다. 은밀하게, 또 음험하게…. 그랬기에 죽은 오빠로부터 자유로울 수 없었다.

자업자득이었다. 나는 그것들을 삼켰으니까. 나는 망령들을 내 내부에 가뒀으니까. 망령은 언젠가는 토해내지 않으면 치유될 수 없는 체증이 되어 내 내부 한가운데에 가로 놓여 있을 수밖에 없었다. 차차 더 묘한 걸 깨닫게 되었다. 내가 망령을 가둔 것이 아니라 실상은 내가 망령에게 갇힌 꼴이라는 것을, 나는 망령에게 갇힘으로써 온갖 사는 즐거움, 세상 아름다움으로부터 완전히 격리당하고 있다는 것을. (*같은 글)

극도의 궁핍 상황에서 살아남기 위해서 인간 같지도 않은 인간 밑에서 버러지처럼 기면서 한껏 비굴해져야 하는 건 참을 수 있어도, 죽은 사람의 망령에 사로잡혀서 시달리기란 너무도 참기 어려웠다.

그러고 보니 억울하고 원통한 사람은 오빠가 아니고 나였다. 스무 살이라는 나이에, 일생에서 가장 빛나고 가장 향기로워야 하는 시기에 그 끔찍한 꼴을 보다니, 그러고 그것을 소리도 없이 삼켜야 하다니, 그리고 또 오빠의 원귀에 시달려야 하다니, 정말이지 억울했다. 나는 자유롭고 싶었다.

삼킨 죽음을 토해내고 싶었다. 그 무렵 나는 낯선 길모퉁이 초상집에서 들리는 곡성에도 황홀해서 그곳을 떠나지 못하고 오래 서성대기가 일쑤였다. 저들은 목이 쉬도록 곡을 함으로써, 엄살을 떪으로써 그들이 겪은 죽음으로부터 놓여나리라, 나에겐 곡성이 마치 자유의 노래였다.(*같은 글)

나도 그들처럼 곡을 하고 싶었다. 나도 곡을 하고 자유로워지리라 마음먹었다. 내가 하는 곡은 내가 삼킨 오빠를 뱉어내는 것이었다. 숨겼던 이야기를 털어놓는 것이었다. 내가 만나는 사람에게 모두 그 이야기를 해주는 것이었다.

나는 그 이야기를 하고 싶어 정말 미칠 것 같았다. 나는 아직
도 그 이야길 쏟아 놓길 단념하지 못하고 있었다. 어떡하면 사
람들이 내 얘기를 끝까지 들어줄까. 어떡하면 사람들을 재미나
게 할 수 있을까, 어떡하면 사람들로부터 동정까지 받을 수 있
을까. 나는 심심하면 속으로 내 얘기를 들어 줄 사람들의 비위
까지 어림짐작으로 맞춰가며 요모조모 내 이야길 꾸며갔다. (*
같은 글)

소설에서처럼 그렇게 나는 소설가가 되었다. 토악질하
듯이 괴롭게 몸부림치며, 또 토악질한 뒤의 그 시원함을
느끼면서.

나는 소설가가 되었다

　그렇게 토악질하듯이 처음 뱉어낸 소설이 1970년의『
나목』이었다. 또 이 소설로 여성동아 공모전에 당선된 뒤
에 그다음 해인 1971년부터 1972년까지 여성동아에 연재
했던 소설『목마른 계절』도 그 토악질이었다. 이 소설이
1978년에 단행본으로 묶어서 출간될 때 나는 후기에 이
렇게 썼다.

　(…) 데뷔하고 나서의 첫 장편이라 내 나름으론 열심히 쓴 거
였지만 다시 읽어보니 곳곳에 경험이 너무 생경하게 노출돼 있
는 게 싫게 느껴졌다. 크게 뜯어고칠까도 했으나 뜻대로 되지

않았다. 6·25 이야기에 관한 한 지금 다시 써도 이렇게 쓸 수밖에 없을 것 같다. (…) 6·25의 기억만은 좀처럼 원거리로 물러나주지 않는다. 아직도 부스럼 딱지처럼 붙이고 산다. 훗날, 딱지가 떨어지면 좀 더 걸러지고 정돈된 이야기를 만들 수 있을 텐데 하고 아쉬워하면서 일단 한 권의 책으로 선보인다.

'크게 뜯어고칠까도 했으나'라고 썼지만, 사실은 그럴 마음이 애초부터 없었다. 있는 그대로 드러내고 싶었던 게 내 심정이었다. '내 얘기를 들어 줄 사람들의 비위'를 고려한다는 것은, 지금도 마찬가지지만 그 시절에는 '빨갱이'라고 하면 다들 무섭고 더러운 병균 보듯 보았기 때문에 어떻게 하면 사람들이 거부감 없이 받아들이게 할까 하고 잔꾀를 굴렸다는 뜻이다. 아닌 게 아니라 1987년에 이 소설을 다시 출간할 때는 '작가의 말'에서 '의식적으로 (소설적인) 허구를 배제하고 철저하게 사실 묘사만 했다.'라고 대놓고 밝혔다.

또 '훗날, 딱지가 떨어지면 좀 더 걸러지고 정돈된 이야기를 만들 수 있을 텐데 하고 아쉬워한다'고 했지만, 앙

큼하게도 이것 역시 빈말이었었다. 나는 그럴 마음이 전혀 없었다. 「엄마의 말뚝 2」로 1981년에 이상문학상을 받았을 때 수상 소감에서도 말했지만, 나는 내가 받은 상처에 딱지가 앉기를 바라지 않았다. 딱지가 앉기라도 할라치면 딱지를 떼어내서 다시 피가 철철 흐르도록 하겠다고 마음먹고 있었고, 또 줄곧 그렇게 살았기 때문이다. (여기에 대해서는 곧 다시 더 많은 얘기를 할 테니까 뒤에서 보자.)

그렇게 해서 토악질은 내 평생 동안 이어졌다. 그야말로 '사람들의 비위를 맞춰서' 요리조리 구성을 달리하면서…. 대표적인 작품으로 꼽자면 「엄마의 말뚝」 연작, 나의 성장기 자서전이라고 드러내놓고 말했던 2부작인 『그 많던 싱아는 누가 다 먹었을까』와 『그 산이 거기에 있을까』,(*여기에 대해서는 68쪽의 '그런데 잠깐….'을 참조하라.) 그리고 죽기 두 해 전인 2009년에 써서 결국 나의 마지막 소설이 되고만 「빨갱이 바이러스」가 그렇다.

「빨갱이 바이러스」는 화자인 '내'가 버스가 끊긴 시골 정류장에 서 있던 세 여자를 집으로 데려가 하룻밤 재우게 되면서, 그들이 가슴에 숨긴 채 살아가는 인생의 비밀을 듣는 얘기다. 의처증 남편을 보기 좋게 속이면서 바람을 피우고 사는 색광증 여자가 비밀을 털어놓고, 남편의 폭력에 시달리다 자기 자식을 버린 여자가 비밀을 털어놓으며, 또 정욕 때문에 손자를 죽게 하여 참회하면서 살아가는 여자가 비밀을 털어놓는다. 그러나 '나'는 끝내 내 안의 비밀을 다른 사람에게 털어놓지 못한다.

거구인 아버지의 힘찬 뿌리침에 엄마가 땅으로 나자빠진 것과 삽이 삼촌의 어깨를 후려친 것은 거의 동시였다. 그 순간 나는 두 손으로 얼굴을 가리고 비명을 삼켰다. 그러나 삼촌의 몸이 사선으로 번갯불 같은 균열을 일으키며 두 동강으로 갈라지는 걸 여실히 본 것처럼 느꼈다. 안방으로 돌아온 나는 밤새도록 이불을 뒤집어쓰고 귀를 막고도 아버지가 동생을 쳐 죽인 그 삽으로 땅을 파는 소리를 들었다.

아버지가 빨갱이 삼촌을 삽으로 쳐서 몸통이 어깨에서부터 아래로 갈라져서 죽게 만든 장면을 열 살 남짓한 나이에 내 눈으로 목격한 게 거의 확실하다는 비밀을, 그때 그 사체가 지금도 마당에 묻혀 있어서 그게 들통날까 봐 이사도 가지 못하고 그 집에 매어서 살고 있다는 비밀을, 앞으로 두 번 다시 만나지 않을 사람들에게조차도 끝내 털어놓지 못한다. '빨갱이 바이러스'에 대한 공포심이 그만큼 크고 강하기 때문이다.

그랬기에 나는 그 이야기를, 그 토악질을, 죽음을 코앞에 두고 있던 인생의 마지막 시점에서까지도 해야 했다. "나의 입과 우리 마당은 동일하다. 둘 다 폭력을 삼켰다. 폭력을 삼킨 몸은 목석같이 단단한 것 같지만 자주 아프다." 라고 고백할 수밖에 없었다.

이 통증에 대해서는 그다음 해인 2010년 5월, 그러니까 내가 죽기 일고여덟 달쯤 전에 어느 산문에서 이렇게 썼다.

금년은 또 경인년이다. 나에게는 그냥 경인년이 아니라, 또 경인년이고 또 경인이기 때문에 내 생전에 또 전쟁을 겪게 될까 봐 두려운 것이다. 6 · 25가 발발한 해도 경인년이었으니 꽃다운 20세에 6·25전쟁을 겪고 어렵게 살아남아 그 해가 회갑을 맞는 것까지 봤으니 내 나이가 새삼 징그럽다. 더 지겨운 건 육십 년이 지나도 여전히 아물 줄 모르고 도지는 내 안의 상처이다. 노구지만 그 안의 상처는 아직도 청춘이다. (*「못 가본 길이 더 아름답다」)

그리고 또 내가 지나온 생애를 되돌아보면서 내가 누구인지, 내 인생이 무엇인지 묻고 또 짐작했다.

나는 누구인가? 잠 안 오는 밤, 문득 나를 남처럼 바라보며 물은 적이 있다. 스무 살에 성장을 멈춘 영혼이다. 팔십을 코앞에 둔 늙은이다. 그 두 개의 나를 합치니 스무 살에 성장을 멈춘 푸른 영혼이 팔십 년 된 고독에 들어앉아 조용히 붕괴의 날만 기다리는 형국이 된다. 다만 그 붕괴가 조용하고 완벽하기만을 빌 뿐이다. (*같은 글)

다시 트라우마 이야기로 돌아가서…

트라우마는 살아남은 사람의 고통이다. (…) 트라우마는 자신의 이야기를 들려줄 귀를 찾으며, 그 들음을 통해서 나의 트라우마는 타인의 트라우마와 연결된다. (…) 박완서에게 전쟁 경험은 증언에 대한 의무와 그 경험을 들어줄 귀를 찾는 절박함이 뒤섞인 가운데 생애 내내 반복하게 되는 이야기였다. (…) 트라우마 생존자에게 공통적으로 나타나는 현상이다. 그들은 자신의 이야기를 들려주기 위해서 살아남겠다는 의지를 다질 뿐만 아니라, 그 이야기를 들려주는 것이 그들에게는 생존의 길이 되기도 한다. 즉 내가 살아남아서 반드시 이것을 증언하겠다는 욕구가 생존의 이유가 되고, 또한 생존하기 위해서라도 자신의 경험을 증언할 필요가 있는 것이다. (＊양혜원, 『박완서 마흔에 시작한 글쓰기』)

이 증언에의 욕구를 나는 선명하게 경험했고, 또 이 욕구를 2002년에 발표한 어느 산문에서도 증언했다.

단지 살아남기 위해 온갖 수모와 만행을 견디어내야 했다. 그때마다 그 상황을 견딜 힘이 된 것은, 언젠가는 이걸 글로 쓰리라는 증언의 욕구였다. 도저히 인간 같지도 않은 자 앞에서 벌레처럼 기어야 하는 상황에서도 '오냐. 언젠가는 내가 벌레가 아니라 네가 벌레라는 걸 밝혀줄 테다.'라는 복수심 때문에 마음만이라도 벌레가 되지 않고 최소한의 자존심이나마 지킬 수가 있었다. (★「내 안의 언어 사대주의 엿보기」)

　자신의 이야기를 들어줄 귀를 찾아 헤매고 또 이것인 생존의 이유이자 목적으로 전환되는 과정을 나는 소설『그 많던 싱아는 누다 다 먹었나』의 마지막 부분에서도 정리했는데, 이 장면의 시간 배경은 1·4 후퇴 당시, 다리에 총상을 입은 오빠를 수레에 싣고서 서울 시민들이 모두 떠나고 없는 현저동의 텅 빈 마을에 안간힘을 다해서 도착했을 때다. 더 정확하게 말하면, 주인은 피난 가고 없는 빈집에 들어가서 잡곡 한 움큼과 밀가루 반 자루를 훔쳐서 나온 뒤였다.

　지대가 높아 동네가 한눈에 내려다보였다. 혁명가들을 해방시키고 숙부를 사형시킨 형무소도 곧장 바라다보였다. 천지에 인기척이라곤 없었다. 마치 차고 푸른 비수가 등골을 살짝 긋는 것처럼 소름이 확 끼쳤다. (…) 이 큰 도시에 우리만 남아 있다. 이 거대한 공허를 보는 것도 나 혼자뿐이고 앞으로 닥칠 미지의 사태를 보는 것도 우리뿐이라니. (…) 그래, 나 홀로 보았다면 반드시 그걸 증언할 책무가 있을 것이다. 그거야말로 이 고약한 우연에 대한 정당한 복수다. (…) 그건 앞으로 언젠가 글을 쓸 것 같은 예감이었다. 그 예감이 공포를 몰아냈다. (…) 나는 벌써 빈집을 털 계획까지 세워놓고 있었기 때문에 목구멍이 포도청도 겁나지 않았다.

이 예감은 20년 뒤에 실현되었다. 나는 소설가가 되었다.

하지만 그때 나는, 죽음을 가까운 미래에 두고 있던 2010년의 어느 산문에서도 썼듯이, 문학을 하고 싶었던 게 아니라 복수를 하고 싶었다. 나를 뜨겁게 달구었던 것은 사랑과 연민이 아니라 증오였다. 이런 사실은 딸 원숙이가 회상하는 1961년 4·19혁명 때의 내 표정으로도 확인할 수 있다.

충신동 집에서 4 · 19를 맞았는데 (…) 이승만 대통령이 하야
하자 사람들은 환희에 넘쳐 거리로 나왔는데, 나도 어머니 아
버지의 손을 잡고 종로 거리로 나갔다. 찻길은 사람들의 물결
로 가득 찼고 모두들 기쁨에 차 있었다. (…) 그때 어머니의 표
정은 얼마나 기쁨과 자랑스러움에 넘쳐 있었던가. (*「행복한 예
술가의 초상」)

　딸이 보았던 그 '기쁨과 자랑스러움'은 사실 복수의 순
간이 드디어 다가왔다는 흥분감이었다. 그 흥분감을 주
체할 수 없어서 나는 거리로 뛰어나갔다. 이승만이 누구
인가? 해방 이후에 자기의 권력 기반을 튼튼하게 장악하
려고 일본의 행동대가 되었던 조선인 경찰과 군인과 손을
잡고 '반공'을 기본이념으로 삼았던 인물이 아닌가! 서울
을 지킬 것이라며 아무 걱정하지 말라고 거짓말을 하고선
저만 살겠다고 한강 다리를 폭파하고 도망쳤던 인물이 아
닌가! 그렇게 해서 우리를 이념의 싸움 속에서 버러지처
럼 기게 하고 말라 죽게 하고 죽어 나가게 했던 인물이 아

닌가! 그 사람이 대통령 자리에서 쫓겨나다니, 그렇게 좋을 수가 없었다. 내가 꿀꺽 삼켜버린 오빠의 죽음도 이제는 떳떳하게 밝히고 말할 수 있겠다 싶었다. 그래서 그때 나는 정말 복수의 짜릿한 예감으로 펄펄 뛰었다.

"우리 가족에게 악몽을 안겨준 이승만! 너도 한번 죽어봐라!"

나는 그가 나의 오빠처럼 또 나의 숙부처럼 그렇게 벌레처럼 모욕과 조리돌림을 당하고 참혹한 죽음을 맞으며 영원히 치욕으로 기억되길 원했다.

그러나 복수심과 증오는 다독거림으로 위무받아야 하지 섣불리 표현되어선 안 된다는 걸 나중에야 차차 깨달았다. 상상력은 사랑이지 증오가 아니기 때문이다. 죽음과 공포와 본능이 뒤엉켜 있던 그때의 치떨리는 경험이 멀찌감치 뒤로 물러나면서 증오가 연민으로 또 복수심이 참고 이해하는 마음으로 바뀌자 비로소 소설을 쓸 수 있었다. (『나는 왜 소설가인가』) 그러나 그 치떨리는 기억의 고통을 결코 잊을 수 없었기에 나는 소설을 쓸 수 있었다. 애초에 먹었던 복수심과 증오는 나의 내면 깊은 곳에서 우러난 운명 같은 게 아니었을까 싶다. 그 운명 때문에 나는 죽기 전까지도 '빨갱이 바이러스'에 시달리며 그것과 씨름했던 모양이다.

천의무봉(天衣無縫)

천의무봉이라는 말은 선녀가 입는 옷을 가리킬 때만 쓰는 표현인 줄 알았다면 과장일까? 누가 내 소설을 두고 그런 표현을 쓸 줄은 정말 몰랐다. 그런데 김윤식 선생이 그랬다.

내가 데뷔하고 몇 년 지나지 않았을 때였다. 선생은 내 딸 원숙이가 다니던 서울대학교 국문학과의 교수였고, 어느 강의 시간에서였던가 그가 나의 단편소설 「카메라와 워커」 이야기를 했고, 강의가 끝난 뒤에 원숙이가 그를 따라가서 박 아무개라는 그 작가가 자기 엄마라고 했고….
그렇게 이어진 인연으로 그는 자기가 느끼거나 기억하는

것보다 훨씬 더 큰 도움을 나에게 주었고, 그래서 1976년
에 나는 첫 창작집인『부끄러움을 가르칩니다』를 내면서
후기에 "이렇게 빠르게 내 작품들을 한 권의 책으로 묶
게 된 것은 평소 일면식도 없었던 김윤식 교수의 주선과
격려에 힘입은 바가 컸다."라는 구절을 굳이 적어넣었다.

그리고 1981년에 그는 나의 소설 한 편을 두고 천의무
봉이라고 칭찬했다. 그 소설은「엄마의 말뚝 2」였다. 내용
은 6·25전쟁 때 이념 문제로 아들의 죽음을 목격한 어머
니의 한과 상처를 드러내는 것이다. 이 내용은 물론 나의
어머니와 오빠 그리고 내가 겪었던 그 끔찍한 날들의 기
억이 투사된 것이다. 그 뒤로 30년 가까운 세월이 흘렀고,
어머니가 다리를 다쳐서 병원에 입원하여 수술을 받는
데 마취가 풀리면서 그때의 그 인민군 군관이 오빠를 죽
이려 한다는 망상에 사로잡혀 발광한다. 그 장면을 잠깐
소개하면 다음과 같다.

"그놈 또 왔다. 뭘 하고 있냐! 느이 오래빌 숨겨야지, 어서."
"엄마, 제발 이러시지 좀 마세요. 오빠가 어디 있다고 숨겨

요?"(…)

　어머니의 손이 사방을 더듬었다. 그러다가 붕대 감긴 자기의 다리에 손이 닿자 날카롭게 속삭였다.

　"가엾은 내 새끼 여기 있었구나. 꼼짝 말아. 다 내가 당할 테니"

　어머니의 떨리는 손이 다리를 감싸는 시늉을 했다. 그때부터 어머니의 다리는 어머니의 아들이었다. (…)

　"군관 동무, 군관 선생님, 우리 집엔 여자들만 산다니까요"

　어머니의 눈의 푸른 기가 애처롭게 흔들리면서 입가에 비굴한 웃음이 감돌았다. 나는 어머니가 환각으로 보고 있는 게 무엇인지 알아차렸다. 가엾은 어머니, 차라리 저승의 사자를 보시는 게 나았을 것을….

　이 소설이 영광스럽게도 1981년 제5회 이상문학상 수상 작품으로 선정되었다. 그때의 심사평은 다음과 같았다.

　"북쪽에 고향을 둔 한 가족사의 특수성을 이 민족과 이 시대의 특수성에서 유려하게 파악함으로써, 소설 속의 인물의 특성을 시대적 특성으로 이끌어냄으로써 높은 수준의 성과를 거두었다. 특히 이 작가의 유려한 문체와 빈틈없는 언어 구사는 가히 천의무봉이라 할 만한 것으로 우리 소설사에 기여하는 바가 크다고 인정된다. 개인과 민족의 관계가 오직 가족사 속에서 깊게 파악됨으로써 추상적이기 쉬운 분단 문제가 새로운 양상으로 전개되었음은 이 작가의 삶을 바라보는 눈과 그것을 형상화하는 작가의 능력이 함께 높은 경지임을 말해주는 것이어서, 이에 본 심사위원들은 이 뛰어난 작가의 작품에 제5회 이상문학상을 수여할 것을 결정한다."(★강조는 필자)

이 심사평 초안을 김윤식 선생이 냈는데, 선생은 그때의 일을 그때의 일을 선생은 내가 죽은 뒤인 2013년에 이렇게 회고했다.

그해 심사위원은 백철 선생을 비롯해서 모두 여덟 명이었습니다. 편집실에서는 저에게 선정 이유 초안을 잡아보라고 했고 제가 만든 초안을 두고, 심사위원들이 조금씩 수정하기도 하고 초안의 중요 골자도 뜯어고치곤 했는데, 그중 유독 '천의무봉'이란 표현만은 조금 논란이 있긴 했으나 그대로 두기로 했습니다. 생각건대 천의무봉이란 "하늘나라 사람의 옷은 솔기나 바느질한 흔적이 없다"는 뜻 아니겠습니까. 시가나 문장 따위가 매우 자연스럽게 잘되어 완미함을 일컫거나, 완전무결하여 흠이 없음을 가리키는 비유로 사용됨이 일반적인 용법이겠지요. (＊『내가 읽은 박완서』)

완전무결하고 흠이 없다니!

천의무봉이라는 그 표현을 두고 나는 낯부끄러운 칭찬으로 받아들이며 혼자 민망해했다. 하지만 사실 그것은 내 소설을 극찬하는 표현이라기보다는 내 소설의 문체를 설명하는 가치중립적인 표현이었다. 이런 점은 그가 「박완서론: 천의무봉과 대중성의 근거」라는 글에서 자세하게 설명했는데, 2013년에는 『내가 읽은 박완서』에서 이것을 다시 쉬운 말로 설명하고 있다.

박완서 씨의 작품을 두고 이러한 표현을 쓰는 것이 조금도 어색하지 않다고 저는 그때나 지금이나 생각하고 있습니다. 문장의 결이나 그 정확성의 면에서 극히 부드럽고 분명하여 거의 흠이 없음을 두고 이 용어를 사용한 까닭입니다. 고쳐 말해, 이 용어가 곧바로 작품의 훌륭함을 지칭하는 것은 아닌 까닭입니다. 저는 다른 자리에서 이 작가는 "만들어진 작가가 아니라 태어난 작가다"라는 말도 사용한 바 있는데, 그것은 천의무봉이란 말과 거의 같은 뜻으로 사용한 것입니다.

작가를 세 부류로 나누면 남의 얘기를 자기 얘기처럼 하는 부류, 자기 얘기를 남의 얘기처럼 하는 부류, 자기 얘기를 자기 얘기처럼 하는 부류라면서, 이 세 번째 부류는 자기가 생각하고 살아가는 모습을 있는 그대로 보여주는 데 이것을 두고 '천의무봉'이라고 했다는 말도 덧붙였다.

1991년의 드레스덴을 시작으로 해서 2004년 모스크바에 이르기까지 정부가 마련했거나 문학계에서 마련했던 이런저런 연수 프로그램이나 세미나 행사에 참석하기 위해 세계 곳곳을 함께 여행한 횟수가 열 번 가까이나 되고 함께 찍은 사진도 많지만, 단둘이 있는 자리에서는 선생이 그런 얘기들을 왜 한 번도 하지 않았는지 모르겠다. 혹시 그런 기회가 있을까 싶어서 그가 썼던 글을 부지런히 읽고서 그의 생각과 논리를 정리하기도 했었지만, 선생은 끝내 그런 빈틈을 보이지 않았다.

　나보다 다섯 살 아래였던 선생은 뭐가 그렇게 불만이었던지 늘 입술을 삐뚜름하게 다문 시니컬한 얼굴이었다. 하지만 돌이켜보면 나에게는 적잖게 살갑게 굴었을 뿐만 아니라 내 소설의 (나도 모르는) 핵심과 정체를 눈 밝게 찾아내서 사람들에게 알려주었던 평론가로서 나에게는 문단 내의 믿음직한 버팀목이기도 했다. 이제 와서 하는 말이지만, 참척의 슬픔에 빠져 있던 나를 넉넉하게 안아주고 든든하게 채워주던 박경리 선생님이 나에게 어머니나 큰언니처럼 따뜻하고 푸근한 존재였다면, 김윤식 선생은 어디 내놓고 자랑하고 싶을 만큼 똑똑하고 똑부러지긴 하지만 어쩐지 꿀밤 한 대 때리며 놀려먹고 싶은 막냇동생과도 같은 존재였다고 할까…. 물론 현실에서는 권위 있는 평론가여서 늦깎이로 등단한 작가로서는 감히 내색도 할 수 없었지만 말이다.

얘기가 잠깐 딴 데로 갔는데, 다시 김윤식 선생의 말로 돌아가서….

선생은 '천의무봉'을 이야기하면서 내가 '만들어진 작가가 아니라 태어난 작가'라고 말했지만, 여기에다 하는 한마디를 더 보태야겠다. 그 표현으로는 내 인생과 내 소설을 온전하게 표현할 수 없을 것 같아서 그렇다.

나는 소설가로 그치지 않고 나 스스로 소설이 되었다.

그런데 잠깐….

"어머니는 '가족사를 문학으로 다 풀어냈다'라고 했는데, 가족의 일원으로 작품을 볼 때는 어떤 기분이 드는가?"

2015년 1월에 원숙이가 수필집 『엄마는 아직도 여전히』을 냈을 때, 어느 일간지의 문화부 기자가 딸과 인터뷰하면서 물었던 질문이다. 이 질문에 딸은 이렇게 대답했다.

"그런 말씀을 많이 하시는데, 어머니가 가장 많이 다룬 것은 6·25 때를 중심으로 한 어머니의 성장기 가족사이지,

우리 가족사는 그렇게 많지 않다. (…) 가족 이야기도 당신의 가족사를 드러내려는 목적으로 쓰신 게 아니라, 그 시대와 그 사회, 그 속에서 개인이 어떻게 살았나, 건너냈나 하는 것을 쓰신 거다. (…) 그 당시 사람들이, 개인이 어떻게 그 시대를 살아냈나, 어떻게 이겨내고 고난을 당했나 하는 것을 나타내기 위해서 가족 이야기를 한 거다."(*「내 어머니 박완서…지금도 여전한」, 조선비즈, 2015. 2. 28.)

틀린 말이 아니다.

나는 스스로 소설이 되었다

아주 오래전에 있었던 오빠의 죽음, 까맣게 잊고 있었던 그 끔찍한 기억은 수시로 의식의 현실로 튀어나온다. 그러고 보면 그 기억이 언제든 현실이 되길 기다리고 있었던 모양이다. 아니, 늘 현실이었다. 1985년에 있었던 한 좌담회 자리에서 나는 내 소설의 주제가 전쟁과 이념 갈등의 경험 및 고통으로 끊임없이 회귀하는 것을 두고 이렇게 말했다.

웬만한 기억들은 뒤로 물러나서 시간적 거리를 설정할 수도 있고, 역사적 안목으로도 바라보게 되는데, 6.25의 체험만은 그렇지를 못하고 항상 저를 바짝 따라다니고 있습니다. 그 밀착감은 바로 어제의 일 같기만 하여 6.25라는 큰 덩어리를 전체적으로 보는 것을 방해하면서 제 체험의 언저리에서만 맴돌게 합니다.(＊구상 외 기획좌담 「6.25 분단문학의 민족 동질성 추구와 분단 극복 의지」, 『한국문학』(1985년 6월))

　6.25전쟁 때의 체험이 늘 나를 바짝 따라다닌다고 썼지만, 이 표현은 피동적이다. 솔직히 말하자면, 이 문제에 관한 한 나는 피동적이지 않았고 주동적이었다. 나는 그 체험을 '지금 당장'의 현실로 끌어들이고 또 되살렸다.
　「엄마의 말뚝」 연작에서도 굳이 그렇게 설정한 것은 소설적 진실과 체험적 진실의 경계를 지워버리기 위함이었다. 즉 어머니를 괴롭히는 질병이 표면적으로만 보자면 수술 후유증이지만 사실은 한국전쟁 체험에서 비롯된 아픔이며, 이 아픔이 지금껏 치유되지 않은 채 세대에서 세대로 이어져서 사람들 사이에서 널리 퍼져 있다는 말이다. 요컨대 우리 사회 전체가 그 아픔에 시달린다는 뜻이었다.

내가 군이 이렇게 소설적 진실과 체험적 진실의 경계를 지워버리는 선택을 한 이유가 무엇이었는지와 이렇게 함으로써 내가 무엇을 기대했는지는 이상문학상 수상 소감에서 밝혔다. 그것도 일부러 강조해가면서 분명하게 말했다.

상을 주겠다는 소식을 들었을 때 '왜 하필 그 작품을?' 하고 흠칫 놀라면서 부끄러웠고, 피하고 싶었고, 숨어버리고도 싶었습니다. (…) 저는 그 작품이 활자가 되어 돌아다니는 동안 줄창 이렇게 불편했고 불안했습니다. 그것은 저에게 소설이기 이전에 한바탕의 참아내지 못한 통곡 같은 거였습니다. (…)

우리 겨레의 분단은 이제는 하나의 기정사실입니다. 분단은 오래전에 피 흘리기를 멈추고 굳은 딱지가 되었고 통일을 꿈꾸지 않은 지도 오래된 것처럼 보입니다. 통일이란 말이 도처에 범람하고 있습니다만 분단의 고통을 겪은 자의 애절한 꿈으로서가 아니라 한낱 구호로 행세하고 있을 뿐입니다. 통일이 직업인 사람은 될 수 있는 대로 많은 구호를 만들어내어 분단을 치장하면 되겠지만, 진실로 통일이 꿈인 사람은 끊임없이 분단된 상처를 쥐어뜯어 괴롭게 피 흘리게 할 수밖에 없습니다. 고통스럽지만 방법은 그것밖에 없습니다. 토막난 채 아물어버리면 다시는 이을 수 없게 되리란 걸 알고 있기 때문입니다. (…)

아물었으되 피 흘리고 있음을, 딱지 앉았으되 곪고 있음을, 잘 차려입었으되 벌거벗었음을, 춤추고 있으되 몸부림치고 있음을 보고 느끼고 말하는 게 문학의 운명적 형벌이자 자존심이라면 저도 잠시 한낱 비통한 가족사를 폭로한 것 같은 수치심에서 벗어나 제 선배 수상자들이 그랬듯이 이 상 앞에서 늠름해지고자 합니다.

길게 인용했지만, 이때의 이 진술은 나의 인생과 나의 문학의 핵심이라고 나는 생각한다. 김윤식 선생도 이것을 꿰뚫어보고 천의무봉이라는 발상을 떠올렸을 것이다. 그러나 이 발상의 요체는 김윤식 선생이 해석한 것처럼 '만들어진 작가가 아니라 태어난 작가'가 아니다. 내가 생각하기에 그것은 '소설이 되어버린 작가'다.

『그 많은 싱아는 누가 다 먹었을까』의 '작가의 말'에서도 나는 이 소설이 사실은 '자화상을 그리듯이 쓴 글'이라고 고백했는데….

이런 글을 소설이라고 불러도 되는 건지 모르겠다. 순전히 기억력에만 의지해서 써 보았다. (…) 이번에는 있는 재료만 가지고 거기 맞춰 집을 짓듯이, 기억을 꾸미거나 다듬는 짓을 최대한으로 억제한 글짓기를 해보았다.

이런 글쓰기의 과정은 내가 스스로 소설이 되는 과정이었다. 그렇게 나는 평생을 소설이 되기 위해서 투쟁했고 또 소설로 살았다. 딸 원숙이도 1992년에『박완서 문학앨범』에서 나의 연대기를 썼는데, 그 글에서 내가 살았던 삶 자체가 문학이었다고 증언했다.

어머니에게 글쓰기는 숨쉬기와도 같았고 글을 읽는 것은 밥을 먹는 것과도 같았다. 어떤 상황과 고통도 숨쉬기를 끊어내지 못했다. 도리어 호흡과도 같았던 글쓰기가 어머니의 운명과 고통을 이겨 내게 만들었고, 고독한 작업 중에 빛나는 자유의 기쁨은 예술가의 삶을 살아가는 힘이 되었으리라. (★「행복한 예술가의 초상」)

'소설 박완서'의 주인공인 나는 고통을 당하고 분노하고 트라우마에 시달리며 나이를 먹었다.

그런데 과연 나는 자기가 바라던 대로 위로와 공감을 받았을까, 적어도 죽기 전까지는?

이 질문에 대한 대답은 「엄마의 말뚝 2」 이후로는 28년 뒤이고 「엄마의 말뚝 3」 이후로는 18년 뒤이며 78세이자 죽기 2년 전이던 2009년에 발표한 마지막 소설 「빨갱이 바이러스」를 보면 알 수 있다.

이 소설에서 '나'는 우연히 만난 세 여자가 차례로 털어놓는 무서운 비밀을 들으면서도, 자기가 간직해온 비밀 즉 '빨갱이'와 관련한 골육상잔의 그 끔찍한 자기 가족 이야기를 끝내 털어놓지 못한다. 평생 그랬듯이 꼭꼭 숨긴다. 자기가 안고 있는 '빨갱이 바이러스' 상처는 어떤 상처하고 만나더라도 아무런 허물이나 거리낌도 없이 섞일 수

있는 그런 상처가 아니라고 판단하기 때문에 그 누구에게
도 이 얘기를 할 수 없었고, 따라서 그 누구로부터도 위로
나 공감을 받지 못했다. 이 외로움은 소설의 마지막 문장
으로 압축된다.

어떤 상처하고 만나도 하나가 될 수 없는 상처를 가진 내 몸
이 나는 대책 없이 불쌍하다.

그랬다. 나는 생애의 거의 마지막 시점에 이르러서도
위로와 공감을 구하지 못했다. 누구에게도 속내를 온전
하게 털어놓지 못했던 나의 가여운 트라우마를 두고 어떤
평론가는 다음과 같이 설명한다.

그러나 세월은 또 흘렀고, 이제는 남북통일보다는 한반도 평
화 구축이라는 말이 더 익숙해진 시대가 되었다. 박완서에게는
일흔이 훌쩍 넘은 나이에도 여전히 현재진행형인 스무 살 때의
그 트라우마가 이제는 피해자 서사의 부재 때문이 아니라 시대
의 변화 때문에 다시 한번 소외되기에 이른 것이다. (* 박완서,

그랬다, 빨갱이 바이러스가 남긴 트라우마는 그 누구로부터도 위로를 받지 못한다.

이 바이러스는 어쩌다가 생겨났고, 어쩌다가 이렇게 지독하게 되었으며, 또 생겨난 지 70년도 넘게 지났지만 어쩌자고 아직도 이렇게 지독하게(코로나 바이러스보다도 더 지독하게!) 위세를 떨치고 있을까?

그 해답을 찾는 일은 이 책에서 따져볼 주제가 아니니까 그냥 넘어가자. (*이 주제에 대해서는 다음 책의「2장. 박완서의 '빨갱이' 트라우마」를 참조하라.『인물로 바라보는 대한민국』, 이경식, 일송북)

* * *

좋은 소설은 어떤 소설일까?

소설에서 다루는 주제가 당대 사람들이 맞닥뜨린 정신적인 문제와 정면으로 씨름할 것, 소설 속의 인물이 누가 봐도 '소설적으로' 매력적일 것, 소설의 무대가 되는 공간적인 배경이나 시간적인 배경은 당대의 문제를 가장 효율적이고 예리하게 드러내는 현장일 것, 또 이 공간에서 벌어지는 사건들이 흥미진진하게 전개되면서 작가가 전하고자 하는 메시지를 녹여낼 것…. 아마도 이런 것들이 좋은 소설의 요건이 될 것이다.

이 요건을 충족하는 소설 작품은 바로 '인간 박완서'다. 나는 스스로 소설이 되고자 애를 썼고, 소설을 쓰기 이전부터 늘 그렇게 살고자 준비를 했고, 또 마흔 살에 『나목』으로 등단할 때도 그랬으며, 등단한 이후 수많은 장단편 소설과 산문을 쓰고 또 인터뷰를 하면서도 그랬다. 나는 식민지, 해방, 전쟁을 그 어떤 소설의 주인공보다 가까이서 따뜻하게, 섬뜩하게 또 지독하게 경험하면서 가질 수밖에 없었던 트라우마를, 좋은 소설의 주인공답게 쉬지 않고 건드렸다. 이상문학상 수상 소감에서 했던 표현을 빌리자면, 스스로 끊임없이 '상처를 쥐어뜯어 괴롭게 피 흘리게' 했다.

이렇게 '인간 박완서'는 '소설 박완서'가 되었고, '소설 박완서'는 식민지 경험에서부터 전쟁과 근대화로 이어지는 한국 현대사를 관통하면서 한국 사회가 걸어온 지난 시절을 충실하게 재현했다.

그런데 나 박완서가 소설 그 자체라면 이 소설의 작가는 누구일까? 이 소설을 기획하고 또 어떤 의도를 가지고서 원고를 한 문장씩 써 내려간 주체는 누구일까? 일제강점기와 해방정국 그리고 그 이후까지 이어진 한국의 현대사가 '소설 박완서'를 썼다고 하면 과장일까? 이 현대사를 살아온 민중이 역사의 주인이라고 치면, 그 민중이 '소설 박완서'의 작가이지 않을까? 만일 그렇다면 '소설 박완서'는 거대한 총체소설이 된다(총체소설이라는 용어가 있기는 한가?) 그렇다면, 지금 이 책『나는 박완서다』도 '소설 박완서'를 구성하는 한 부분이 될 것이다.

에필로그

"나는 또 책을 낼 수 있어서 기쁘다."

내 생애의 마지막 책인 『못 가본 길이 더 아름답다』의 책머리에 썼던 말이다. 내 자식들과 손자들에게도 뽐내고 싶다고 썼고, 아직도 글을 쓸 수 있는 기력이 있어서 행복하다고도 썼다.

이 책도 비록 대필작가의 손을 빌려서 썼지만 내 책이나 다름없으니 똑같이 그렇게 말하고 싶다. 기쁘고 뽐내고 싶고 행복하다고….

그러나 죽어서까지 또 굳이 대필작가의 손을 빌려서까

지 이 책을 쓴 이유도 함께 분명히 말해두고 싶다.

나는 사람들이 나를 그냥 여성 작가라고만 바라보는 게 싫다. 6·25전쟁 때 체험한 것을 이야기하고 중산층의 허위의식을 꼬집으며 여성 작가가 나아갈 길을 어렴풋이 밝힌 작가라고 두루뭉술하게 바라보는 게 싫다. 죽을 때까지 소설과 산문을 얼마나 많이 써댔던지 연구자가 작품을 읽다가 지쳐서 분석을 시작하기도 전에 나가떨어지게 만드는, 그래서 쉽게 손대기 어려운 원로 작가 대접을 받으며 살다 간 작가로 기억되기는 더욱 싫다.

나는 내가 늘 옳았다고 생각하지 않는다. 하지만 내 이름을 기억하고 내 소설을 읽는 누군가 나를 기억한다면, 내 인생과 내 소설에 담긴 역사 속에서 나를 바라봐주면 좋겠다. 그게 바로 나이기 때문이다. 누군가가 내 안의 '유교적인 양반 의식'과 '대한민국 아줌마의 억척 본능', '빨갱이 트라우마'를 온전히 바라봐주면 좋겠다는 말이다.

* * *

"의사는 병을 고쳐주고, 경찰은 도둑을 잡습니다. 작가는 사람들에게 무슨 도움을 주나요?"

이 자평전을 쓰면서 꼭 하고 싶었던 말이 있었는데 본문에는 넣을 자리를 미처 찾지 못해서 여기에라도 넣어야겠다고 생각한 질문이다. 이 질문은 지금으로부터 17년 전에 어느 초등학생이 나에게 편지로 보냈던 것이다. 이 질문에 나는 이렇게 대답했다.

마음이 아픈 사람에게는 위안이 되고, 좌절한 사람에게는 현재의 곤경을 뛰어넘을 수 있는 용기를 주고, 절망한 사람에게는 꿈을, 심심한 사람에게는 남은 어떻게 사나 엿보는 재미도 주었으면 하는 게 작가의 바람이지만, 그런 도움은 독자가 구해야 얻을 수 있는 것이지 작가가 억지로 줄 수는 없는 것이다. (「작가가 되고 싶은 어린이에게」, 『세상에 예쁜 것』)

내가 소설이 되었듯이 독자도 소설이 되라는 말이다.

그 아이는 내 말을 알아들었을까?

성인이 되었을 그 아이가 지금은 어떤 모습으로 살고

있을지 궁금하다.

* * *

1998년에 나는 아파트 생활을 그만두고 경기도 구리시 아치울마을에 집을 짓고 자리를 잡았다. 집의 색깔이 우리 집 색깔이 노란색이어서 사람들은 우리 집을 노란집으로 불렀다. 마당에 유난히 볕이 잘 드는 집이라서 화초가 잘 자란다. 2011년 1월 20일에 그 집에서 오랜만에 일기를 썼다. 일기장을 덮으면서는 다가오는 봄에는 어떤 꽃으로 나의 아름다운 뜰을 가꿀까 하는 생각도 했다.

병원 가는 날, 퇴원 후 첫 바깥나들이라 며칠 전부터 걱정되었는데 잘 다녀왔다. 원숙과 원순이 같이 가서 혈액검사, 엑스레이 촬영 등을 걱정했던 것보다 쉽게 하고서 나는 자신감이 좀 생겼다. 집에 와서도 오래 앉아 있었다. 일기도 메모 수준이지만 쓰기로 했다. 워밍업이다. 살아나서 고맙다. 그동안 병고로 하루하루가 힘들었지만 죽었으면 못 볼 좋은 일은 얼마나 많았

나. 매사에 감사. 점심은 생선초밥으로 혼자 맛있게.

　이게 내가 쓴 마지막 일기가 되었고, 나는 이틀 뒤인 1월 22일에 죽었다. 원숙이는 이 일기를 자기 산문집에 소개하면서 이렇게 덧붙였다.

　마지막까지 일상의 순간을 소중히 여기고 기록했던 엄마는 우리 곁을 떠나셨다. 눈발이 날리는 새벽에, 혼자 가볍게. (*『엄마는 아직도 여전히』)

　고맙다, 내 마지막 모습을 그렇게 아름답게 기억해줘서. 세상이 고맙다.

책을 마치며

오래 미루어뒀던 숙제를 끝낸 기분이다.

나는 고등학생 시절이던 1970년대에 어쩌다가 소설『휘청거리는 오후』와 산문집『꼴찌에게 보내는 갈채』를 읽으면서 그의 독자가 되었다. 그리고 1987년에는 그의 소설이 담고 있는 리얼리즘의 의미를 주제로 석사학위논문을 썼다. 그런데 이 책을 쓰면서 안 사실이지만 박사와 석사를 통틀어서 학위논문으로 그의 문학을 다룬 사람은 내가 처음이었다. 괜히 뿌듯한 마음이 들었다. 당시만 하더라도 강단이 워낙 보수적이다 보니까 데뷔한 지 15년밖에 안 된 작가를 학위논문으로 다루는 게 껄끄러웠던 모양이다.

이 책을 내놓으면서 나는 마침내 박완서 문학을 놓고 평자로서 또는 독자로서 길게 이야기한 수많은 사람 가운데 한 명이 되었다고 당당하게 말할 수 있게 되었고, 그게 자랑스럽다.

박완서 작가의 1인칭 시점 서술이 놓치고 마는 객관성이 분명 있을 텐데, 이 간극은 독자가 상상력으로 메워주길 바란다.

그리고 기대하건대, 그 과정에서 독자도 숙제를 하나씩 떠안게 되면 좋겠다. 그 사람도 내가 그랬던 것처럼 박완서의 문학과 역사와 철학과 수다에 빠져서 쉽게 헤어 나오지 못한 채 허우적거리며 머리를 쥐어뜯을 것이고, 그러면 나는 그 모습을 상상하면서 고소해할 수 있을 테기 때문이다. 행운을 빌자.

2024년 8월, 이경식

한국 인물 500인 선정위원회 (가나다 순)

위원장: 양성우(시인, 前 한국간행물윤리위원장)

위원: 권태현(소설가, 출판평론가), 김종근(前 홍익대 교수, 미술평론가), 김준혁(한신대 교수, 역사), 김태성(前 11기계화사단장), 박상하(소설가), 박병규(민화협 상임집행위원장), 배재국(해양대 교수, 수학), 심상균(KB국민은행 금융노동조합연대회의 위원장), 오세훈(씨알의 소리 편집위원), 오영숙(前 세종대학교 총장, 영어학), 윤명철(前 동국대 교수, 역사), 이경식(작가, 번역가), 이경철(前 중앙일보 문화부장, 문학평론가), 이덕수(시민운동가, 시인), 이덕일(순천향대 교수, 역사), 이동순(영남대 명예교수, 시인), 이순원(소설가), 이종걸(이회영기념사업회장), 이종문(前 계명대 학장, 시조시인), 이중기(농민시인), 장동훈(前 KTV 사장, SBS 북경특파원), 하만택(코리아아르츠그룹 대표, 성악가), 하응백(前 경희대 교수, 문학평론가)

한민족의 정체성을 만든
인물들을 통해, 삶의 지혜와
미래의 길을 연다.

고대 배달 민족의 얼인 고대 동아시아 지배자

나는 **치우천황** 이다

대동 세상을 열려는
너희 본디 마음이 나 치우다

"나는 천산산맥 넘어 해 뜨는 밝은 곳을 향해 내려와
신시 배달국을 열었다. 너도 하느님 나도 하느님, 너도 왕이고
나도 왕이니 서로서로 섬기는 대동 세상 터를 닦고 넓혀왔다.
하여 뭇 생명이 즐겁고 이롭게 어우러지는 세상을 열려는
너희 본디 마음이 곧 나일지니."
- 치우천황이 독자에게 -

이경철 지음 | 값 14,800원

근세 현모양처의 대명사인 한 여성의 삶과 꿈

나는 **사임당** 이다

많이 알려졌어도 실제
내 삶을 아는 사람은 드물구나

"나만큼 많이 알려진 인물도 없다. 그러나 나만큼 제대로
알려지지 않은 인물도 없다. 율곡의 어머니, 겨레의 어머니,
현모양처의 모범과 교육의 어머니로 많이 알려졌어도
실제 내 삶이 어떠했는지 아는 사람은 거의 없다.
나는 내 삶을 바르게 살고 싶었을 뿐이다."
- 사임당이 독자에게 -

이순원 지음 | 값 14,800원

근대 지킬 것은 굳게 지킨 성인군자 보수의 표상

나는 **퇴계** 다

'완전한 인간'을 위한
자기 단련의 길이 나 퇴계다

"나는 책이 닳도록 수백 번을 읽었다. 그랬더니 글이
차츰 눈에 뜨였다. 주자도 반복해서 독서하라고
이르지 않았던가? 다른 사람이 한 번 읽어서 알면,
나는 열 번을 읽는다. 다른 사람이 열 번 읽어서
알게 된다면, 나는 천 번을 읽었다."
- 퇴계가 독자에게 -

박상하 지음 | 값 14,800원

근대 보수의 대지 위에 뿌린 올곧은 진보의 씨앗

바꾸자는 개혁의 길
너의 생각이 나 율곡이다

나는 **율곡** 이다

"나라는 거우 보존되고 있었으나, 슬픈 가난으로
시달리는 백성들은 온통 병이 깊어 숨이 넘어갈
지경이었다. 백척간두에 선 채 바람에
이리저리 위태롭게 흔들리고 있었다.
내가 개혁을 외치고 나선 이유다."
- 율곡이 독자에게 -

박상하 지음 l 값 14,800원

현대 모국어로 민족혼과 향토를 지켜낸 민족시인

깊은 슬픔을 사랑하라

나는 **백석** 이다

분단의 태풍 속에서 나는 망각의 시인이었다.
하지만 한국의 독자들은 다시 내 시에 영혼의 불을 지폈다.
나는 언제나 외롭고 높고 쓸쓸한 시인이다.
- 백석이 독자에게 -

이동순 지음 l 값 14,800원

현대 남북한과 동서양의 화합을 위해 헌신한 삶과 음악

나는 **윤이상** 이다

남북통일과 세계의 화합과
평화를 염원하며 작곡했다

"나는 남한과 북한, 동양과 서양, 고전과 현대의 경계에 서서
화합을 모색해 왔다. 우리 민족혼을 바탕으로 민주화와
통일을 갈망했고 세계가 전쟁과 핵 공포에서 벗어나
평화와 평등의 세상으로 나가기를 바랐다.
내 음악은 이 모든 염원의 표상이다"
- 윤이상이 독자에게 -

박선욱 지음 l 값 14,800원

근대 삼한갑족 노블레스 오블리주의 대명사

나는 이회영 이다

**동서고금을 통해 해방운동이나
혁명운동은 자유와 평등을 추구하는 운동이었다.**

"한 민족의 독립운동은 그 민족의 해방과 자유의 탈환을 뜻한
이런 독립운동은 운동 자체가 해방과 자유를 의미한다.
태고로부터 연연히 내려온 인간성의
본능은 선한 것이다."
- 이회영이 독자에게 -

이덕일 지음 I 값 14,800원

근대 육성으로 직접 들려주는 독립군의 장군 일대기

나는 홍범도 다

**내가 오지 말았어야 할 곳을 왔네,
나를 지금 당장 보내주게**

야 이놈들아, 내가 언제 내 흉상을 세워 달라 했었나.
왜 너희 마음대로 세워놓고, 또 그걸 철거한다고 이 난리인가
내가 오지 말았어야 할 곳을 왔네. 나를 지금 당장 보내주게.
원래 묻혔던 곳으로 돌려보내주게.
나는 어서 되돌아가고 싶네.
- 홍범도가 독자에게 -

이동순 지음 I 값 14,800원

고대 신화가 아니라 실제했던 한겨레의 국조

나는 단군왕검 이다

**서로 잘 어우러져 하나가 되는
홍익인간 공공사회를 일구었노라**

"나는 임금이 되어 우리 겨레를 홍익인간의 삶으로 이끌려 애썼
그러면서도 자연의 원리에서 떠나지 않으려 했다.
융통성을 바탕으로, 공동체를 사안에 따라 매우
유연하고도 능란하게 운영하려고 했다. 반란과 대홍수를
이겨내고 모두 하나가 되는 공공사회를 일구었노라."
- 단군왕검이 독자에게 -

박선식 지음 I 값 14,800원

근세 여성 최초 상인 재벌과 재산의 사회 환원

나는 **김만덕** 이다

가난을 돌이킬 수 없는 수치로 여겨라

어진 사람이 나랏일에 간여하다가도 절개를 위해 죽는 것이나,
선비가 바위 동굴에 은거하면서도 세상에 이름을
떨치게 되는 건, 결국 자기완성이 아니겠느냐.
여성의 몸으로 내가 상인으로 나선 이유도
이와 다르지 않다."
- 김만덕이 독자에게 -

박상하 지음 | 값 14,800원

고대 민족의 고대사를 개창한 건국 여제

나는 **소서노** 다

내가 바로 고구려, 백제를 건국한 왕이다

"나는 졸본부여의 왕재로 태어나, 추모와 함께 고구려를
건국하였으며 다시 두 아들과 함께 남하여 백제를 건국하였다.
역사서에 나를 일컬어 왕이라 하지 않았으나,
엄연히 나라를 개창하여 백성들을 위한 정치를 펼쳤으니
더 이상 나의 존재를 부정할 수 없으리라."
- 소서노가 독자에게 -

윤선미 지음 | 값 14,800원

고대 신라의 중흥을 이룬 대장군

나는 **이사부** 다

위대한 장수는 싸우지 않고 이기는 전투를 한다

전장에서 적을 베는 것보다 싸우지 않고 이기는 장수가
지혜로운 장수다. 적국의 백성도 나라를 달리하면
모두 제 나라의 백성이다. 권력을 탐하는 자는
신의를 저버리나 백성은 그저 순리에 따를 뿐이니,
현명한 장수는 백성을 살리는 전투를 한다.
- 이사부가 독자에게 -

김문주 지음 | 값 14,800원

근대 식민지시대 대중문화운동의 진정한 선구자

너희가 '황성옛터'를 아느냐

나라 잃은 시대, 나는 민족 저항의 노래인 '황성옛터'
한 곡으로 거레의 영혼에 불을 지폈다.
그 불이 꺼지지 않고 오늘에 이르렀다.
지금 그 불꽃은 꺼졌는가?
여전히 활활 타고 있는가?
- 왕평이 독자에게 -

이동순 지음 | 값 14,800원

나는 *왕평* 이다

근대 꺾이지 않는 마음으로 행동했던 시인

인간다운 삶을 위한 해방,
완전한 독립을 위하여!

"나는 꺾이지 않는 마음이다. 의열단 군관학교 출신의 독립운동
비밀요원으로, 감옥에서 죽어가는 순간에도 시를 썼던 시인으로,
내가 꿈꾸었던 것은 자유롭고 평화로운 세상이었다.
인간다운 삶을 위한 해방, 완전한 독립을
완성하는 것은 이제 그대들의 몫이다."
- 이육사가 독자에게 -

고은주 지음 | 값 14,800원

나는 *이육사* 다

중세 귀주대첩으로 고려를 구한 구국의 영웅

11세기 동북아의 국제질서를 뒤흔들어놓은 귀주대첩

"거란의 2차 침입 때 대신들이 항복을 말했지만
나는 항복은 안 된다고 외쳐 위기를 넘겼다. 동북면병마사,
서경유수로 재직하면서 거란의 재침에 철저히 대비한
나는 거란의 3차 침입 때 귀주 벌판에서 적을 전멸시켰다.
고려는 막강한 저력을 바탕으로 거란, 송나라와
대등한 외교를 펼치며 평화를 누렸다."
- 강감찬이 독자에게 -

박선욱 지음 | 값 14,800원

나는 *강감찬* 이다

고대   신화적인 삶을 산 한민족사의 큰 어른

나는 조선인이고, 부여인이며, 고구려인이다

나는 **해모수** 다

여러분의 말 속, 정신 속에는 나의 삶이 조금씩 배어 있다.
조상이 무엇인가? 역사의 거름이 되는 게 아닌가?
어려운 시기가 오고 있네만 나를 거름으로 삼아
후손들을 위해 맑고 기름진 거름이 되거나.
- 해모수가 독자에게 -

윤명철 지음 | 값 14,800원

현대   타는 목마름으로 연 민주화와 흰 그늘의 길

더 나은 세상을 위해 진흙창 속에 핀 연꽃, 십자가가 되려 했다

나는 **김 지하** 다

"나는 개벽을 향한, 부활을 향한 민중의 고통에 찬
전진 속에서, 내게 주어진 진흙창 삶 속에 피우는 연꽃이
되려 꿈꿨다. 내게 주어진 십자가를 지고 민중과 함께
있기를 소망했다. 민중의 한 사람인 내가 꿈꾼 이런 소망이
어느 시대, 어느 세상에서든 좀 더 나은 세계로 건너가는
징검다리 돌 하나가 됐으면 좋겠다."
- 김지하가 독자에게 -

이경철 지음 | 값 14,800원

현대   백석 시인을 사랑했던 조선권번 기생

저는 백석 시인의 뜨거운 사랑을 받았습니다

나는 **김자야** 다

그 험하고 가파른 세월을 무탈하게 살아올 수 있었던 것은
오로지 제 나이 22세 때 만나 서로 뜨겁게 사랑했던
백석 시인의 고결한 영혼 덕분입니다.
- 김자야가 독자에게 -

이동순 지음 | 값 14,800원